麒麟传媒·尚书房 出品
www.qlpress.cn

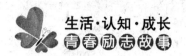

生活·认知·成长
青春励志故事

穿过风雪的音乐盒

‖想象卷‖

杨晓敏◎主编

地震出版社

图书在版编目（CIP）数据

穿过风雪的音乐盒：想象卷 / 杨晓敏主编 . —北京：地震出版社，2012.3
（生活·认知·成长青春励志故事）
ISBN 978-7-5028-4018-1

Ⅰ.①穿…　Ⅱ.①杨…　Ⅲ.①小小说—小说集—中国—当代
Ⅳ.①I247.8

中国版本图书馆 CIP 数据核字（2012）第 023832 号

地震版　XM2620

穿过风雪的音乐盒——想象卷

主　　编：杨晓敏
执行主编：马国兴　　王彦艳
责任编辑：赵月华
责任校对：孔景宽　　凌　樱

出版发行　地震出版社

北京民族学院南路 9 号　　　　邮编：100081
发行部：68423031　68467993　传真：88421706
门市部：68467991　　　　　　传真：68467991
总编室：68462709　68721982　传真：68455221
E-mail：seis@ mailbox. rol. cn. net
http：// www. dzpress. com. cn

经销：全国各地新华书店
印刷：北京振兴源印务有限公司

版（印）次：2012 年 4 月第一版　2012 年 4 月第一次印刷
开本：710×1000　1/16
字数：197 千字
印张：14.5
书号：ISBN 978-7-5028-4018-1/I（4693）
定价：26.00 元

序

杨晓敏

好书是具有生命力的。一本好书，我们拿在手上，揣在兜里，或者放在枕边，会感觉到它和我们的心一起跳动。在日常的学习生活中，我们每天都在用最经济的时间、精力和财力，收获着超值的知识、学问和智慧，于是我们自己，就在一天天地充实厚重起来。

优秀的短篇小说，就是这样的好书。它是顺应现代人繁忙生活而发展成的一种篇幅短小的小说。跟一般小说一样重视场景、个人形象、人物心理、叙事节奏。优秀的作者可写出转折虽少却意境深远，或转折虽多却清新动人的作品。

现在，许多优秀的作者舒展超感的心灵触觉，用生花的妙笔，把小小说从文学神坛上牵引下来，在我们广大读者面前，展现出一幅幅五颜六色的生活画卷，或曲折离奇，或险象环生，或嬉笑怒骂，或幽默诙谐。于是，阅读一本小小说，就成了繁忙生活的轻松点缀，紧张学习的有效调剂，抹平了你我微皱的眉头，漾起了会心一笑的嘴角。

我们精心编选的这套"生活·认知·成长青春励志故事"小小说丛书，每一辑都包含了"悟性""创意""想象""品味""风尚""情愫"六卷，并围绕这六个主题，选取当代国内知名作家的精品力作，各自汇编成书，具有强劲的文学感染力。篇篇都耐人寻味，本本都精挑细选，既是青少年认识社会的窗口、丰富阅历的捷径，又堪称写作素材的宝典。作品遴选在注重情节奇巧跌宕，阅读效果峰回路转、柳暗花明的同时，注重价值取向，旨在引导青少年全面、客观地认识社会，开阔视野和胸怀，提高综合素质，进而确立正确的人生观、价值观。

在这套书里，我们推荐给青少年读者的是充满活力的大众文化形态的小小说佳品荟萃。所选择的作品，尽量体现质朴单纯，而质朴不是粗硬，单纯不是单薄；体现简洁明朗，而简洁不是简单，明朗不是直白。它们是理性思维与艺术趣味的有机融合，是人类智慧结晶的灵光闪烁，是春风化雨滋润心灵的真情倾诉，是鲜活知识枝头的摇曳多姿，是青少年读者嗅得着的缕缕墨香。

知识没有界线，可以人类共享，只要是具有优良质地的文化产品，都能互补、渗透、影响和给人以启迪。任何一粒精壮的知识种子，播撒在人们的心灵深处，都会开出艳丽的花朵，结成高尚的果实。

青年出版家尚振山先生以极大的热情，独到的眼光，精心策划了这一套"生活·认知·成长青春励志故事"丛书，我和同仁马国兴先生、王彦艳女士应邀参与编纂，当然也愿意大力推荐给广大青少年朋友们。

2012 年春

穿过风雪的音乐盒
contents | 目录

倒霉的母鸡

○wbh7305

母鸡们在一起生活了很久。大家住着同样的鸡舍，吃着同样的米，尽管职责上写得很清楚，它们也要每天集体学习一遍，但它们同样谁都没有下过蛋。

如果你较真地认为母鸡就应该下蛋，不下蛋就不算是母鸡，它们会告诉你：思想观念太陈旧了吧？母鸡为什么就一定要下蛋？既然下不下蛋都同样有米可吃，谁会傻乎乎地下蛋呢？

因为长期不下蛋，这些母鸡便丧失了下蛋的能力。但主人似乎并没有因此而嫌弃它们，还是每天按时给它们喂食。鸡场效益不好，大家就都少吃一点，但多年形成的规矩却是不好改变的。

主人想吃鸡肉的时候，就会从它们里面捉一只；主人想吃鸡蛋的时候，就拿一只鸡去集市上换一些鸡蛋回来。那被换走的鸡在新窝里如果仍不下蛋，还是会被杀掉，加工以后端上餐桌。因此，大家最关心的是自己不要被主人捉去杀掉或者拿去换了鸡蛋。

某一天，鸡栏里来了一只别的母鸡。虽同为母鸡，但非我族类。自然，它的到来使鸡栏里原来还算安定祥和的局面发生了变化。

"它为什么要到我们的栏子里来？会不会分吃我们的口粮？"

"看来今后的日子要不平静了！"

"大家要合力挤对它，最好能够驱逐它。"

"看它那灰不溜秋的小样儿！整个鸡群里没有比它再难看的鸡了！想和我们享受同样的待遇，门儿也没有！"

于是，大家不约而同地歧视和冷落那只新来的母鸡。

主人对新来的母鸡显然是欢迎的，还为它专门增加了一份口粮。但是，吃饭时，原来的母鸡总是把它挤到一边；如果它表现出不满，就会有更严厉的惩罚：它的冠子经常被啄得血淋淋的，身上的毛也常被弄得凌乱乃至脱落。大家在它痛苦的呻吟声里，享受着从未有过的快感。

主人很快发现了母鸡们的"欺生"行为，但他认为，过不了几天，大家熟悉了就会好了。

谁也没想到的是，那只可恶的母鸡竟然下了一只蛋！还"咯咯嗒""咯咯嗒"地边叫边绕着鸡栏踱了一圈。

"是可忍，孰不可忍！"于是，更多更严厉的责问和嘲讽如夏天的冰雹一样劈头盖脑地向它砸来：

"大家都不下蛋，你为什么要下蛋呢？就为了显示你的与众不同吗？"

"你下蛋就下个像样儿的。可你下的是什么？说是圆的，一头儿还有点儿尖；说是长的，另一头还那么圆！"

"蛋下得不咋的也就罢了，你还绕着鸡栏唱歌，显摆什么啊？"

"你唱歌也就罢了，可你唱的那叫什么歌啊？大家唱的都是'咯咯'、'咯咯'的流行歌曲，你唱的却是'咯咯嗒'、'咯咯嗒'，整个不入调儿！"

新来的母鸡在大家气势汹汹的责问和嘲讽面前，毫无反抗之力，只能被动承受。它不明白，为什么自己下了蛋不仅得不到奖赏，还要受到这样的不公待遇。

这时，不知是哪只勇敢的母鸡率先啄破了那只鸡蛋，贪婪地吃起里面的蛋清和蛋黄来。其他母鸡看见了，也冲上去争抢起来。

主人过来时，母鸡们早已吃完了那只鸡蛋，便七嘴八舌地状告那只

"可恶"的母鸡："别出心裁另搞一套"、"骄傲自满自吹自擂"、"激起纷争影响稳定"……而且对那只被它们吃掉的鸡蛋大加挞伐："从内容到形式都不是一只标准的鸡蛋"……

新来的母鸡什么话也不说，希望主人能给自己一个公道。

主人让大家安静之后，对新来的母鸡说："你来得晚，应该和大家搞好团结，怎么能弄得阖宅不安呢？大家对你的批评也是有道理的，你应该承担所有的责任！"

大家都欢呼起来，为着主人的英明。而新来的母鸡伤心到了极点，便不再吃食。

第二天，来了客人，主人就把那只倒霉的母鸡杀掉了。

鸡栏里从此天下太平。

蠢豹阿卡

○陈　俊

　　阿卡是一头猎豹，虽然处于非洲草原食物链的顶端，但只要一想到自己的两个亲戚，阿卡就有一种把造物神从天上拖下来痛殴的冲动。

　　阿卡觉得，自己过的日子与狮子和花豹比起来，实在是憋屈得厉害。阿卡从不敢招惹狮子，但狮子却欺负阿卡上瘾，尤其是当阿卡猎食成功后，狮子就出现了，用一声大吼吓得阿卡扔下猎物落荒而逃。

　　被狮子欺凌，阿卡还能自我安慰地接受这种实力过于悬殊的事实，可花豹也隔三差五地趁火打劫。它们特别会挑选时间，总是在阿卡气喘吁吁地刚刚结束猎物的性命，已经累得全身无力的时候闪电一般杀出，叼起猎物就麻利地上树，然后居高临下嘲弄地打量气急败坏的阿卡。

　　一个抢一个偷，这两门亲戚，无疑是阿卡心头永远的痛。

　　阿卡不是没有特长，但是它的特长在与这两门亲戚争斗的时候派不上丝毫的用场，阿卡的高速面对它们成了屠龙之技，既不能伤及对方，也不能给自身止损。

　　所以，当阿卡第一次怀孕后，它想做一件事，就是将自己的孩子培养成非传统猎豹。

　　在阿卡的无限憧憬中，儿子咪西降生了。看着如猫崽一般脆弱的儿子，阿卡的眼前不禁幻化出了一个拥有狮子的力量、花豹的灵敏、猎豹的速度的完美杀戮机器——是的，改变猎豹技能的变革，将从自己开始。

可怜的咪西，因为负载着拯救猎豹的伟大使命，基本上，它的记忆里没有童年。

每天早上一睁开眼，迎接它的就是越野狂奔 5 公里的特殊训练。

阿卡明白，作为猎豹，致命伤就是耐力的奇差无比。因为猎豹的体温会随着运动量的加剧而急剧攀升，以极速奔跑一分钟，体温就会马上飙升到 40℃，因此，如果猎豹在一分钟之内不能扑倒猎物，就不得不马上放弃，避免因为体温过高造成脑死亡。而且，哪怕在停下脚步后，也必须原地休息 15 分钟，才能让血液冷却，体温下降。

所以，要想让咪西克服这个弱点，只能提升它的耐力，让它在长途奔袭的同时保证体温的正常。

按照猎豹每小时 120 公里的速度来计算，5 公里的长跑只需要 3 分钟不到，但咪西的每次晨跑都长达半小时，因为在最高速度下它根本坚持不了 5 公里，它只能跑一段，停下来歇一阵儿，再跑一段，再歇一阵儿。可怕的是，每当它浑身酸软地只想躺下来喘喘气时，阿卡暴怒的吼叫就会如影随形。

在阿卡的训练之下，咪西终于开窍了，它领悟了一门全新的技巧——慢跑。原来，只要以每小时不超过 40 公里的速度慢跑，体温就几乎不会上升，保持这种速度，竟然可以一口气跑上 5 公里还略有余力。阿卡从不会慢跑，它骨子里的猎豹本能使得它只要一起步就会在最短时间内达到极速，因此，它根本不知道自己的儿子变成了有史以来第一头会慢跑的猎豹。

除了跑步之外，咪西还得练习爬树。爬树动作已经可以与花豹相媲美。

阿卡终于成功了，成年的咪西体格几乎达到了母亲的两倍，它健硕但不笨拙，在树上的行动如履平地，而且耐力惊人，长途奔袭对它而言就像吃一只野兔一样轻松。阿卡心中无比欣慰——等着吧，新一代的草原之王即将闪亮登场。

三个月后，阿卡在一次猎食的时候，闻到了一股熟悉的味道，循味而去，迎接它的是它的骄子咪西的尸体——咪西在练出了马拉松般耐力的同时，失去了高速奔袭的能力，只会慢跑，却忘记了如何冲刺；它的爪子在适应了攀缘树皮之后，却失去了极佳的抓地性，用力过猛脚下就会打滑——咪西只能四平八稳地慢跑。一头失去了速度的猎豹，尽管看起来健壮威猛，但，还是猎豹吗？

被寄予开创猎豹新时代重任的咪西就此变成了饿殍，阿卡怎么也弄不明白，为什么自己塑造出的如此完美的儿子竟然会被饿死？聪明的人类会知道答案吗？

和怪兽一起游泳

〇李志伟

　　放暑假了，艾因坦和牛猛到湖里游泳。暖暖的阳光照在身上，在清凉的湖水里劈波斩浪，别提多舒服了！

　　艾因坦越玩越来劲，向湖心游去。

　　"哎，回来！"牛猛担心地喊，"游远了不安全！"

　　"什么不安全，我的游泳技术你就放心吧！"

　　艾因坦刚说完，就感到身体左摇右晃。"怎么回事？"他有点吃惊，"我没有踩水呀！"

　　他定睛一看：原来是湖水卷起旋涡，搅动他的身体摇晃的。

　　"不好，可能是大鱼群！"艾因坦立即反应过来，"被它们围住就糟了！"

　　艾因坦挥动双臂奋力向湖边游去。好在还没游远，一会儿他就游回牛猛身边。

　　"怎么会有旋涡？"牛猛也看见了，"湖底有洞？"

　　"也许是大鱼群。"艾因坦说出自己的猜测。

　　他们都没猜对：在旋涡的中心，探出一个篮球那么大的脑袋——是一只巨大的怪兽！只见那怪兽将鼻子和眼睛露出来，警惕地注视着四周。"是什么东西？"艾因坦搜索大脑的知识储备，"对了，有点像鳄鱼！"

　　"鳄鱼？！"两个人吓得急忙爬上岸。怪兽受到惊扰，"哗"地抬起头来——绝不是鳄鱼，鳄鱼没有这么长的脖子！怪兽的脖子像长颈鹿那么长，又如同大象的鼻子那么柔软！

艾因坦和牛猛目瞪口呆！

"我知道这是什么了！"艾因坦突然大叫。

"我也知道！"牛猛的嗓音颤抖得不亚于艾因坦，"我在书上见过，这是恐龙！"

艾因坦马上觉得不对："恐龙不是早就灭绝了吗？"

"也许，地球上还残留着几只？"牛猛不太肯定，"我听说几十年前有一只渔船曾打捞上来一个怪物的尸体，怎么看怎么像恐龙，还拍了照片！"

"那是在大海里，湖里怎么会有恐龙？"艾因坦还是感到不可思议，"以前从没见过呀！"他们的嗓音可真够大，吓得怪兽"咕噜"一声缩回水里，再也不出来了。

艾因坦和牛猛太激动了：我们竟然发现了活生生的恐龙，就在我们家前面的湖里！他们实在憋不住，将这个消息告诉了村里人。村里人看他们说得有鼻子有眼的，就打电话告诉了记者。这下可好，不计其数的好奇者都跑到湖边，要一睹活恐龙的英姿！

阵势最大的是一个科学考察团，他们包了飞机赶来，一下飞机就热火朝天地卸下各种各样的机器。有些机器庞大得让人害怕。

"请问，你们带这么多仪器干什么？"艾因坦问。

"抓恐龙呀！"科学家一边搬仪器一边回答。

艾因坦觉得不好玩了：恐龙本来活得挺好，为什么要抓它？

"为什么要抓恐龙？"牛猛问。

"为了研究它呀。"科学家很有耐心地说，"你想，这可能是地球上唯一一只恐龙，如果把它抓住，就能解开很多恐龙之谜！"

听着是有道理，但艾因坦不放心："可是，你们怎么研究呢？"

"这个嘛，我们将对它进行全面的检查和测试——总之那是一套非常复杂的过程。你到医院检查过吧？比那复杂一百倍！"

艾因坦感到情况不妙："是不是要抽血，还要打针、吃药？"

科学家哈哈大笑："那是最基本的检查啦！我们甚至还要对恐龙开刀呢！"

"开刀？"艾因坦和牛猛震惊了。他们是喜欢动物的，尤其喜欢这样一只远古时代遗留下来的神奇动物！他们本想让别人也来分享这种快乐，没想到却给恐龙带来了灾难！

"不行！"艾因坦大叫，"我不同意！"

"孩子，这是科学，没有什么同意不同意的！"科学家严肃地说，"请让一让，我要把探测器搬过来。"

艾因坦和牛猛被挤到一边。"这可怎么办呀？"艾因坦跺脚，"我们害了恐龙，以后地球上一只恐龙都不会有了！"

"我们报警吧？"牛猛出主意。

"不行，你没看警察在帮科学家维持秩序吗？他们是一伙儿的！"

"这……"牛猛皱着眉头使劲儿想，"要不这样……"

两个人嘀咕了半天，再次跑到湖边。这时，科学家已经堵住湖河相通的部分，摆好十几台抽水机，准备将湖水抽干！

"嘻嘻嘻嘻！"艾因坦捂着嘴笑。

"哈哈哈哈！"牛猛指着科学家笑。

科学家当然听见了，回头问："你们笑什么？"

艾因坦和牛猛赶紧绷住脸："谁……谁在笑？你听错了吧？"

科学家继续工作，艾因坦和牛猛又在他屁股后面笑。

"我听见了！"科学家暴跳如雷，"你们一定在笑话我！说，这是不是个骗局？"

艾因坦和牛猛呆住："什……什么骗局？"

"我早就知道不对！"科学家气得揪头发，"湖里怎么会有恐龙呢？

定是这两个小家伙编的谎话，骗我们来瞎忙一通，他们在一边看热闹！"

艾因坦低下头，"糟糕，被他发现了……"

"收工！"科学家挥手大喊，"我们上当了，湖里根本没有恐龙！这是谁家的孩子？这么不懂事！"

科学家将仪器重新搬上飞机，"轰"的一声飞走了。看热闹的人群也垂头丧气地走了。艾因坦和牛猛自然挨了一顿骂，不过他们认为值得。当天色暗下来后，两个人对着湖水喊："喂！你听见了吗？"

恐龙的头伸出来了！

"你真的是恐龙吗？你怎么在这里？"艾因坦问。

"我在海里追一条鱼，追着追着就追到了这里。"恐龙害怕地说，"我迷路了，我想回家。"

原来如此！艾因坦指着大河说："你是从河里游进来的。顺着河游下去，你就能回到大海！"

"谢谢！"恐龙沿着河道，缓慢游去。

星光映着恐龙的身躯，在黑夜中熠熠生辉。

"再见！"艾因坦和牛猛挥起手，"祝你一路平安！"

穿过风雪的音乐盒

○骆非翔

那一年，他去西藏八宿的一个小乡村支教。

初入校门的那天，孩子们在学校操场上排成两排，向他敬礼。那天白雪飘飘，那一只只举过头顶的手没有一只戴着手套，他们的手套就挂在脖子上。

他留了下来，教他们语文、数学、自然、生物，教他们认识山外的山，山外的城。

孩子们来自不同的村落，近的就住在乡里，最远的孩子甚至要翻过一座海拔 3000 米的雪山。那个住在最远地方的孩子，名叫也措，黑黑的小脸，漫着两坨高原红。据说他是这个学校最穷的学生，学费一直欠着。他们家里只有一匹马，是家中唯一的生活来源。

也措平日里非常沉默，但是眼神却很特别，有点怯怯的忧郁，忧郁中透着惶恐，惶恐中又露着一丝坚定。在这个偏僻的小乡里，他见到老人孩子的眼神都一样，单一而纯洁，唯独这个孩子，眼中似乎有很多的内容。

雪大的时候，全世界只剩下了白，无法再找到道路。家远的孩子只能留下来，住在老师的宿舍里。那天，他的宿舍也留下了几个孩子。

晚上，孩子们在他的准许下翻看他的东西，并抱着他的吉他乱弹。只有也措，在翻看他的一个小音乐盒，那是他的初恋女友大一时送他的生日礼物，虽然毕业前他们已经分手，但他还一直保存着。他来这里之后，总是不停地打开它，听那首《致爱丽丝》，听到眼泪模糊。直到有一天，发条坏了。

此刻的也措正抚摸着那个音乐盒，他走过去，问："你知道它是什么吗？"

"不。"也措的话总是那么少。

"这个是音乐盒，一翻开盖就会唱歌。"

"是谁送给你的？"也措居然问了一个令他措手不及的问题。

"是妈妈在我生日的时候送给我的。但是现在坏了，要不就可以让你听一听了。"对着孩子，他还是撒了谎。

也措看了他一眼，就低着头不说话了。

那夜的雪很大，他能听到学校后山的树木折断的声音。等他第二天醒来的时候，看到门前的花圃被雪盖住了，操场上树的枝干被雪压断了许多，远方除了白还是白。

那一次，也措在他的宿舍里住了整整三天，可是从第二天晚上开始，也措便开始想家了，听到半夜风雪沙沙的声音就哭了，他不由把也措搂在怀里问："想妈妈了，是吗？"

"我要见阿妈。"也措一开口，泪水又掉了一串。

他鼓励孩子："也措，老师的妈妈在很远的地方，老师一年只能见一次妈妈，老师也很想妈妈，但是老师都没哭，你也不哭了好吗？"

也措看着他，停止了哭泣。

第三天黄昏，也措的母亲骑着马来到了他的宿舍接走了也措。

那年冬天，雪下得很大，过年的时候，雪已经封了路，他很想家，却没有能够回去。

终于到了第二年春天，雪少了，阳光有了暖意，路也通了，但是他却没有时间回家了，因为孩子们已经开学了。也措也来了，换了一个小孩似的，眼神不再是淡淡的忧郁，似乎有种说不出的欢乐，看着他，总忍不住笑。

然后就到了他的生日，没有人为他庆祝，他孤单地为自己点燃了蜡烛。可是三天后，他却意外地收到了一个邮包，从北京寄来的，拆开来，竟然是　个音乐盒，比他那一个还要漂亮。音乐盒里放了一封信，他看着，心就像春天的雪一般慢慢融化了……

　　是北京的一个陌生人寄来的，那人在信中说，他在一个月前来了一趟八宿，碰到了一个叫也措的小孩。小孩牵着家里的马送他进山，却没有收他一分钱，只要求他回去之后，在 4 月初给他的老师寄一个音乐盒作为生日礼物。因为，老师的妈妈送给老师的音乐盒坏了，老师已经很久没有见妈妈了……

　　他只需在那里支教两年的，但是他却整整待了六年才回来。

程 序

〇朱 宏

十年职业生涯终于修成正果，我被一家跨国公司聘任为区域总经理。

这次的应聘很奇特，我并没有见到公司任何人，和公司只是通过电子邮件和在线通讯工具进行了几轮"面试"。其间，我回答了包括心理测试在内的大约一千个问题。

我如约前往公司报到，办公地点空无一人，这让我感到有些诧异。自动门在我面前打开，一个甜美的、标准的女声说：欢迎您，亲爱的石林总经理，我们等候您多时了。接着门厅里响起了一阵热烈的掌声。这些声音仿佛从天外传来。尽管我没有看到任何人，但是心头还是产生了浓浓的暖意。

在女声的引导下，我找到了自己的办公室。偌大的办公室纤尘不染、温度适宜，据说这都是自动除尘系统和智能温控系统的功劳。第一天上班，我本来考虑要熟悉一下部下，但是办公区只有我一个人。

忘了介绍，我所供职的这家公司是 2020 年成立的一家新概念公司，公司的运作模式严格依照程序执行。比如对我的面试，就是通过一系列的问答来确定我是否经验丰富、思维敏捷，心理和身体是否健康、能力是否和公司匹配等，最终才决定把这个职位给了我。我丝毫不怀疑，我"面试"的主考官并不是一个人，它是一套标准化的程序。当然，我的"下属"，也就是那个女声的主人和那些掌声的主人，也都是程序之一。

第一天上班，除了在网上看新闻，为石油的枯竭而担忧，为局部的战争而愤慨，为国足的出线而欢呼外，我找不到更多要做的事情。正在我感到百无聊赖的时候，办公室内传来那个女声——依旧是那个女声，我听出了些许金属的质感。女声通知我今天晚上约了客户吃饭，提醒我务必准时出席。我很自然地询问都安排好了没有，言下之意是弄清楚宴请的标准。女声善解人意地介绍说，对方主客是高级经理，随同三人，加上您一共五人，适用 A3 招待标准，经过对其性格、爱好和口味等综合分析，程序选定今晚用酒为 30 年法国干红，订餐、结算已经全部安排妥当，请您戴红色斜纹领带，因为对方不喜欢蓝色。

晚餐当然是在愉快的气氛中进行的，对方对 30 年法国干红赞不绝口。第二天，我从电脑上获得简报，称昨天的晚餐非常成功，对方已经确定了 300 万元的订单。我为自己第一天就做了这么有意义的事情而感到欣喜，可接下来的这一天又是一个无事可做的工作日。

临近下班时，金属女声再次告诉我，经过对谈判的评估，公司决定今晚宴请某公司主管采购的副总经理，请您身着 V2 型正装出席，对方善饮白酒，请您注意一定要使对方尽兴，程序已经为您选定了对方最喜欢的白酒。

按照计划，我很好地招待了那位副总，自己也很豪爽地喝得晕头转向，喝得对方拍着我的肩膀称兄道弟，一点商务场合的礼仪都不顾了。这场剽悍的酒会自然也获得了丰硕的成果。女声告诉我鉴于我是在工作时间以外宴请客户，既占用了时间也对身体有所伤害，公司已经把加班费、营养费打入我的账户。多么有人情味的公司啊！

我不知道究竟是谁在和客户谈生意，或许是我看不见的"下属"员工？我所知道的是，在关键的时间节点上，我得以总经理的身份宴请客户，公司对于客户喜欢的菜式、酒水，抑或灯光、就餐时间都分析得极为精准，能够完全做到投其所好，所以每次宴请总是能够马到成功。

　　我为自己能通过这种方式为企业做出贡献感到骄傲，而骄傲过后又总是感到空虚。现在我唯一要做的就是根据公司，不，是根据程序的安排来代表公司宴请客户，难道我全部的经验、全部的才智就只是拿来应付这样的工作吗？我感到自己被程序控制了，或者说我已经变成了程序的一部分。公司，或者说是公司的程序洞察到了我的内心世界，及时通过金属女声告诉我，我的工作很有意义，并给我灌输了很多观念性的东西。

　　我承认，若不是这些观念性的东西激励我，我不可能在这家公司工作满一年。一年之后，我实在无法忍受自己变成"程序"的现实，毅然决然地离开了这家公司。

　　我重新求职应聘，面对主考官的提问，我回顾了一下自己的职场生涯，却想不起来自己有什么才能，只能告诉对方，我只会喝酒，这一年来喝酒就是我的工作。主考官大喜过望，说你这个能力是所有程序不能替代的。是的，程序可以安排一切活动，但是它不会喝酒！他补充说。

稻草人

〇杨　溢

在一望无际的麦田上，蒲公英随风飘落，四处散着，有几片落在稻草人身上，稻草人甚是喜欢这种毛茸茸的东西，飘落于身上，痒痒的。稻草人不禁"咯咯"笑了出来，他很欢喜，只是旁人听不到，分享不了他的快乐。

稻草人是寂静的。从朝霞到夕阳，从花开至花落。稻草人只是寂寂地守护着他的麦田，春夏秋冬，自朝而夕，有的时候他也会用那把破得不能再破的扇子拍拍，听着风儿告诉他远方的故事。他也想过逃，也想过随着风儿一起飘向远方。他用尽全身的力气迈开脚步，他试了一次又一次，最终他摔倒了。他闻到了来自自然的气息，他知道那是泥土和香草的混合气味。泥土陷进他的身体，很不舒服，但是，他在摔倒的那一刻是快乐的。至少他自己走了一步。但他忘记了，守望麦田是他的宿命，他是不可以流浪的。

稻草人寂静地躺在地上。夜深了，没有月亮，也没有星星。

第二天，主人把稻草人扶起，并带来另一个稻草人。

稻草人离他非常近，可以很清楚地看见她的眉眼。稻草人很高兴，他终于有朋友了，他可以和她说话，和她一起听风，和她一起守望麦田。想到这里，稻草人兴奋极了，他要把心中的话都讲给她听，和她一起分享快乐。

稻草人问她"你从哪儿来呀?""你有没有什么故事?""你喜不喜欢麦田呀?""你害不害怕黑夜?"稻草人一连串的问,好像要把一生的话说完,他就这样兴奋着,他很喜欢她,真的,很喜欢。可是,无论稻草人怎么说,怎么问,她都老是淡淡的,不说话,不笑,就这样淡淡的,好像身边都没有这个人。

稻草人不说话了,她仍是那样淡淡的。没有知了和布谷的声叫,仿佛整个世界都静了,就这样,寂寂的。稻草人好像也慢慢地淡然了、沉默了,呆呆地守望麦田,守望是他们的宿命,他现在知道了。

秋天来了,又要走了,麦子也该收获着,稻草人望着金黄灿烂的麦田,心如止水。

"我们要离开了,这都是我们的宿命。"稻草人听得很清楚,是她的声音,稻草人笑了,道:"对,我们的宿命,但现在一切都结束了。"罢了,又静了。

夜深了,稻草人静静地望着麦田,月光把一切都照成了金色,珠圆玉润般生辉,沉鱼落雁般扣人心弦。所有的所有都停了下来,只有星星在天际闪动,整个世界都呈现着祥和与寂静,稻草人想着,什么是生命。是蓝天、白云,还是人类,他呆呆地看着自己守护的麦田,他想问他们,什么是生命?可是麦田不说话。后来,稻草人停止了他的幻想,他不再思想。他想像一个普通的稻草人一样守望自己的麦田,寂寂的,希望就这样直到永远。

但是,这个简单的愿望也没有实现。

后来的后来,当秋天真正要离开的时候,所有的麦子都被收割了,只剩下荒荒的田地,那一刹那,稻草人感到了空虚。有一天,主人带走了稻草人和他身旁的那个她,在灶火的边上,稻草人亲眼看见她被主人扔进火炉里,她燃烧了。"呼哧""呼哧"地叫着,像是诉说着某种不屈,稻草人静静地看着这一切,此时他心如止水,稻草人也被点着,他是微笑着的,他终于明白，什么是生命。生命，是完成责任的那一瞬间，是守望自己的命运直至永远。

那一刻，他倍感幸福。

丢失的睡眠

○朱 宏

在何玲的感觉里，早晨手机的闹铃声是最为惊心动魄的声音，闹铃响起的时候何玲的心跳总要加快。随后她按下延时键，在下一个五分钟、下下一个五分钟之间挣扎。挣扎到最后突然起跳，以旋风般的速度完成洗漱化妆，新的一天就这样开始了。

美美地睡到自然醒、慢慢地吃出饭菜的滋味儿、静静地和书中的人物同喜同悲成了一种奢望。什么时候才能给自己的心情放个长假，抑或永远逃离这种朝九晚五的生活呢？何玲想都不敢想。

一个小时午休，用餐占去了一半，剩下的一半何玲无论如何不敢伏案休息，她怕睡过了点遭到主管的"提醒"。提醒自然没有呵斥那么严厉，但那也是极尴尬的事情。因此，剩下的半个小时何玲只能在网上打发时间。

一则招聘广告不经意间从浏览器里弹出：史上最轻松最舒适的职业，让你在睡梦中体验工作的美妙，只要你有优美的睡姿，那就来吧。

何玲深深地为这样的广告词所吸引，倒不是对自己的睡姿有什么自信，只是觉得这个职位或许会轻松一些。她决定尝试一下，于是在网上投出了简历。两天后，招聘单位通知何玲前往面试。两天后正是周日，好善解人意的公司！

招聘现场美女如云，与她们相比何玲在容貌上并不是最出众的。应聘者们次第进入面试现场，有的很快就出来了，有的则面试了很久。中午时分，饥饿感袭来，但是何玲不敢离开，世界很奇妙，有时一顿饭、一个电话，甚至进了一趟洗手间就会改变命运。

好容易被叫到了名字，在等候中打盹的何玲赶紧定了定神跟着工作人员进入面试现场。

这是个奇怪的面试现场，房间中央摆着一张大床，主考官们分坐在床的左右侧。工作人员请何玲在更衣室换上睡衣，然后要求她盖上被子睡下。看到何玲脸上的诧异神情，其中一位女性考官说，考察的就是你的睡姿，你平时怎么睡就怎么睡吧，不要刻意摆造型，最好能真睡。

何玲按要求睡下，也许是太疲倦了，不到半分钟就真正进入了梦乡。

呼吸均匀、身体起伏适度、姿态优美自然、面部表情显得舒适安详，最可贵的是，看起来应聘者进入了真睡眠。评委们认真地观察，并作出评价，他们认为这位应聘者是不可多得的睡眠人才。

不久之后，何玲被告知已被公司录用，将在本市最大的商场里做一个"睡模"，用睡眠来展示这家国际品牌床上用品的舒适性。尽管还是工作，但是工作就是睡眠，这是多么惬意的工作啊。何玲在原单位辞了职，兴奋地奔向了新岗位。

本就向往能大睡特睡的何玲对新的工作简直是得心应手，在商场水晶吊灯的照耀下，在顾客的注视下，在各种各样嘈杂的声浪里，何玲垫着、枕着、盖着国际品牌沉静地睡着。观看的人无不为何玲的睡姿所打动，有不少人甚至举起相机拍下这令人心情舒爽的画面。

国际品牌就此在本地一炮打响，销售一路走红，睡模提成走高。何玲简直爱死了这项工作。

但是，一些副作用却在何玲工作届满一个月之后变得严重了起来。商场上午九时营业，晚上九时歇业，碰到节假日还会延长工作时间。这就是说何玲除了吃饭，每天要不停地睡十个小时以上。她在梦乡的时候别人在活动，而别人在梦乡的时候她却无法活动，或者说没有什么地方可以让她活动。下班回到家，对何玲来说最恐怖的一件事就是睡觉，已经睡过了十几个小时的人怎么说也无法再进行有效的睡眠。但夜晚毕竟是夜晚，身体在夜晚还是提出了睡眠的要求，但是精神却无法和身体保持统一，何玲只有在黑夜里挣扎。到了最严重的阶段，何玲的身体在每一个白天都渴望活动的自由，但是精神却压制着身体必须躺下。何玲的精神和肉体彻底分裂了。

勉强工作了三个月，何玲提出了辞职。她告诉人力资源经理，这三个月睡觉睡得真是太累了。

龟　城

○刘万里

龟城远远望去，就像一个大大的"龟"字。

龟城有六大帮派，他们都是当年逃避战乱才来到龟城的，住在龟头的是唐朝帮，龟尾的是清朝帮，中间住着的却是北宋帮、南宋帮、元朝帮和明朝帮。

龟城人长寿，龚甲早有耳闻，据说最长者已是1300多岁了，最小者也是几百岁。龚甲踏进龟城时，发现人们衣服千奇百怪，个个穿得都是古时候的衣服，特别是清朝帮穿的是清朝服装，猛一看像电视上的僵尸。

龚甲摸摸口袋，身无分文，他从小练过拳舞过刀，他决定卖艺。龚甲选了一个人多的地方就开始舞刀弄棒，一会儿围了很多人。舞毕，龚甲说："在家靠父母，在外靠朋友，请大家多捧场。"

人们纷纷朝他碗里扔铜钱，龚甲心里嘀咕，这铜钱能用吗？这时一位长须飘飘的老者走了过来："请跟我来一趟，我有事相商。"龚甲收拾刀具跟在了老者身后，来到了一个像宫殿一样的房子里。一会儿，摆上了好酒好菜，长者说："一边吃一边谈。"龚甲早已肚子饿了，毫不犹豫地拿起鸡腿就吃。

长者接着说："我们是唐朝帮，我们最先发现这块风水宝地，我一直担任城长相当于市长，后来其他帮派逃避战火也来到了龟城，我们接纳了他们，再后来他们不服气，提出六大帮派轮流当城长，结果他们当上城长后一个比一个贪污腐败。如今龟城没有城长，一盘散沙，但都想当城长，各大帮派钩心斗角，各自为王，现在迫切需要一位新的城长来管理这个乱摊子。"

龚甲打断长者的话说："你是不是想继续当城长？"

长者说："废话，谁不想当？我是龟城最长者，今年1300多岁了，论年龄、资历和能力都该我当。"

龚甲说："我能为你做什么？"

长者摸了摸胡须说："有些问题谈判是无法解决的，必须武力解决。别说这些了，你好好吃，好好喝。"

龚甲在长者家里待了半个月，顿顿好酒好菜，晚上还有美女相伴。

龚甲不好意思起来："我能为你做什么？"

长者说："我让你杀一个人，事成后，我送你黄金100两。"

龚甲说："杀谁？"

长者说："清朝帮帮主，他多次干涉我们唐朝帮，你要打扮成明朝帮的人，不但要杀了清朝帮帮主，还要嫁祸给明朝帮，让他们互相残杀。如果万一败露，你是一个异乡人，他们也无法抓到我们唐朝帮的把柄。"

龚甲开始穿上明朝帮的衣服，脸部也做了化装，安上了假胡须，长者围着龚甲转了三圈，连说了三个好字，然后端上一杯酒："我为你壮行，等你凯旋！"

龚甲端起酒杯一饮而尽。

趁着夜色，龚甲混进了清朝帮，潜伏在清朝帮帮主的房顶，等待时机。房间灯灭了，龚甲听到了鼾声，然后翻进房间，摸到帮主床前，朝他脖子一抹，帮主连哼都没哼一声就一命呜呼了。龚甲把明朝帮的衣服和刀留了下来。

清朝帮的二当家见帮主被杀，从现场证据看，他认定了是明朝帮的人干的，他们两帮有过节儿，明朝帮的人多次侮辱清朝帮，他们一直忍着，如今他咽不下这口气，带人浩浩荡荡直奔明朝帮帮主的家，刚好帮主不在，二当家就杀了他的妻子儿女，一把火把他们房子也烧了，然后才得意而归。

明朝帮主回家见家人被杀，带着人，拿着刀棍直奔清朝帮。

两帮在巷子里开始了火拼，死伤无数。

长者站在高楼上笑着对龚甲说："我让你再杀一个人，事成后，我再送你黄金100两。"

龚甲说："杀谁？"

长者说："杀元朝帮帮主，嫁祸给南宋帮。"

龚甲开始穿上南宋帮的衣服，脸部也做了化装，安上了假胡须。趁着夜色，龚甲混进了元朝帮，爬上了元朝帮帮主的房顶，等待时机。帮主房间灯灭了，龚甲听到了鼾声，然后翻进房间，摸到帮主床前，朝他脖子一抹，帮主连哼都没哼一声就一命呜呼了。

龚甲把南宋帮的衣服和刀留了下来，还写了一行字：南宋帮要灭了元朝帮。

事情照着长者的安排发展着，元朝帮和南宋帮开始了火拼，死伤无数。

南宋帮向北宋帮求救，两个帮派联合起来向元朝帮反攻，他们一鼓作气灭了元朝帮。他们见明朝帮和清朝帮打得已是溃不成军，干脆也灭了他们。

龟城血流成河，尸体遍地都是。

龟城就剩下了三个帮派，"三国"鼎立形成。

龚甲突然感到心里愧疚，就去找长者："我要离开龟城，请兑现你的承诺。"

长者说："留下来吧，在龟城你可以长生不老，最少也要活几百岁，跟着我干，你有享不尽的荣华富贵。再说我准备用美人计让南宋帮和北宋帮反目成仇，互相残杀，然后我就乘虚而入……"

龚甲说："别说了，我不想听。一个人心中充满贪婪、虚伪、欲望、谋杀、仇恨……就是活几万岁，也无异于行尸走肉。"

长者尴尬一笑，手一挥，一个人抱着一个黑匣子走了过来。长者打开黑匣子说："这是黄金200两，请收好。"

龚甲抱着黑匣子就告辞了。

龚甲走到一个偏僻的巷子里时，突然蹿出几个蒙面人："把黄金留下，否则我们就不客气了。"

龚甲说："你们是谁？怎知道我身上带着黄金？是不是长者派来的人？"

其中一个人说："让你死个明白，我们就是长者派来的，我们不但要黄金，还要你的人头。"

龚甲见他们人多，拔出剑杀开一条血路朝前冲，龚甲身上也中了几剑，他忍着伤奔跑，突然脚被什么东西一绊，头磕在石头地上，一下晕倒了。

这时南宋帮和北宋帮带着大队人马杀了过来……

龚甲醒来时，眼前的景色让他大吃一惊，龟城变成了一片废墟，房屋冒着烟，四周全是尸体，一个叠一个，他们穿着全是南宋帮、北宋帮和唐朝帮的衣服。龚甲踩着尸体朝前移动，突然发现了长者的尸体，掀开一看，长者的怀里抱着一个包，他打开一看，里面全是金条。

龚甲哈哈大笑了起来。

远处残阳如血。

嫉　妒

○安　宁

　　如果老师嫉妒学生，那大致是因为学生太过优秀，容颜出众，或者才华横溢，那股子气场压不住，漫溢过来，让也有凡人小肚鸡肠的老师，觉得压抑，甚至窒息，并将那对面的学生，当成一个与自己有利益冲突的同事、敌人，或者，是永远都无法摆脱掉浓郁嫉妒与醋意的同性。

　　才艺大赛上，有一个女孩，长了张范冰冰似的妖冶妩媚的脸，明眸灵动飞扬，双唇混合了纯真与放肆，女人们看到，基本上都会下意识地给她一个白眼，并用一些羞耻的词汇，来形容或者排挤。而男人们，假若爱她，那一定是歇斯底里地深爱，假若爱却不能够得到，那大约，会有毁灭这种美丽的无情。她在这样不能够遮掩的光环下一路长大，一定历经种种来自同性或者异性的嫉妒与痛骂，并对此习以为常，否则，她的眼睛里，不会有一种超乎寻常的成熟与镇定，这样的气息，会让她周围的人，觉得不安和威胁，手足无措之下，除了对她狠狠打压，别无他法。

　　她在初试中超乎寻常的才艺展示，让我有惊艳之感。我总觉得她站在那里，就是一个故事，跌宕起伏的故事，与道德无关但与灵魂咬合的故事。我想起话剧《恋爱的犀牛》里的明明，或者《琥珀》里的小优，惹人爱怜，又风一样飘忽不定，让人永远都无法捉摸。我看她跳新疆舞，热烈又极富诱惑，可是你又追不上她，她的视线，总是牵引着你，靠近了，而后又跳跃开去。

　　如果我是一个导演，一定找她演戏，而且是女主角，光芒四射，风情万种。其实我在看到她的第一眼，就已经打算将她写入小说里去了；连她的名字都不变，就叫小。可是，我一个人的微薄之力，决定不了她的人生，甚至，连这样小小的才艺大赛，都决定不了。初试的时候，她出演了一个复仇的女人，她对爱恨情仇淋漓尽致的表现，立刻就击败了任何一个参赛的选手。可是，这样强悍的力量，也只是让评委老师们，稍稍地犹豫了一下。最终，这种犹豫，给了她通过初试的机会。

　　她显然不知道初试之后，老师们会怎么议论她，说她一定是个疯狂的女孩，不，是女人，会走马灯似的换男朋友，课基本不上，那股子激情与才华，全虚掷给了四年的大学光阴。还有老师已经付诸行动，四处电话打探这个女孩，到底有什么家庭背景，或者学校表现怎样。这次大赛，其实是为北京的一个活动推荐优秀演员的，据说，如果能够得奖，或许会得到某个知名导演的电影角色，这也就意味着，能有大红大紫的机会。学生红了，老师应该会觉得荣耀的吧，但一个男评委老师却突然酸酸地讲起看到那些来拜年的学生，一个个成了名，有了星味儿，而自己依然是贫穷老师，便心里很不是滋味，似乎他们的到来，一下子映出了自己最不肯示人的那个补丁，或者疤痕。

　　我听到这里的时候，便大致明白，女孩小的美与聪明，已经冲撞的，不止是女老师，还有原本应该大度的男老师。人性里的嫉妒，毒蛇一样，探出头来，咬了每个人一口，而且，无药可救，只能任其发作。

　　复试中女孩带着一股子想要征服每个评委的欲望，将新疆舞演绎得近乎完美。她还有一些试图讨好老师的意思，对老师们的提问，小心翼翼，不再似初试那般张扬。可是，这样的示好，并没有效果。枪打出头鸟，她对于才华的不知掩饰，让她还没有飞翔，便已经折了翼。在成绩栏中，甚至有一位略具姿色的女老师，给了她个位数的分数。我突然觉得有些难过，为老师们对于女孩梦想近乎残酷的打击。她不过是比常人聪明了一些，耀眼了一些，疯狂了一些，便招致同为常人的评委们的集体扼杀。而这些评委，本应该是发现千里马的伯乐。

我后来没有再听说过小的下落，我甚至跑到网上去搜索她的消息，但一无所获。大约，她在梦碎之后，会成为更疯狂的女孩，逃课，打架，让男孩们为她头破血流。也或许，她很幸运地遇到真正胸怀宽广的伯乐，并成为一匹能够飞翔的千里马。

焦尾琴

○文 立

我的故事当追溯到公元二世纪末。

其时，我还是吴地溧阳的一段桐木，苟全于一家寻常庭院的柴堆里，做着不很现实的梦。

这一天，从厅堂那边传来的琴音，如愤激的河水流淌着一种孤高意远的悲伤。我知道，那是避难的蔡邕先生，正用一种独特的方式抒发情怀呢。

太不公平！我小声地嘟哝着，我为什么不能成为先生抚爱着的琴呢？我的经历，我的材质，我的激情，我的内能……哪一样不比他弹奏的那个强？

哈哈，这是命运啊！同类们嘲讽我说。

可是，我不是一般的桐木啊，我是有志向的桐木啊！我喃喃着，想表露自己与众不同。

你？等着吧。身边的家伙们继续着对我的挖苦，你再优秀，还不是和我们一样，等着一同化成灰烬？

还真是。话刚说完，我被人拉拽到了灶火边。再眨眼工夫，又被扔进熊熊燃烧着的灶膛里了。

我就这么完了？我的抱负呢？我的理想呢？

我怎么能甘心？我嚎哭，我撕心裂肺地爆裂着，我绝望地高喊：救

30

命，救命啊！

据传那个蔡邕先生能明察秋毫之末的，据传即使些微的声音都逃不过他的耳朵，他能听懂我别具一格的语言吗？他会来拯救我吗？

我何其有幸！蔡邕先生真跑过来了，他后面还跟随着美丽的文姬小姐。他趿拉着鞋子，神色慌张地跑过来，嚷着：快别烧了，别烧了，这可是一块难得一见的好材料啊！

在做饭的女东家发愣的瞬间，蔡邕先生早把手伸进了炉膛，硬生生把我从里面拉了出来。我身上还燃着火呢！他的手顷刻间就被烧伤了。可他似乎也不觉得疼，还惊喜地又吹又摸呢。

那一刻，我泪流满面。多少年来，谁如此抚慰过我？谁如此爱怜过我？

这是一块好材料啊，这是难得一见的好材料啊！蔡邕先生打量着我，兴奋地如同捡到了宝贝。一瞬间，我感觉，他忘记了自己的落魄还如我刚才一样呢。

之后，蔡邕先生对我精雕细琢，我才成了一张琴，一张好琴，一张名琴。因为我的尾部有烧焦过的痕迹，他给我起了一个名字，焦尾琴。焦尾琴，多么让人感伤的名字！它记录着我一触动就痛的往事啊。

倘不是碰上蔡邕先生，我的命运会怎样？

知遇之恩啊！我发誓，我绝不辜负蔡邕先生的！

我开始追随主人继续流浪的日子，继续品味人世间的冷暖。

我和他时常用特殊的语言进行着特殊的对话，进行着灵魂深处的沟通。从先生弹奏的高山流水里，从先生吟诵的《述行赋》中，我聆听到了他内心的失落和渴望，我感受到了他对国运的担忧以及对人民的同情。

命运就是相遇。蔡邕先生发现了我，可谁又来发现蔡邕先生呢？

飞扬跋扈的董卓来了征召令。

因为李儒的极力推荐，把持朝政的董太尉才强征我家主人进京的。进京意味着什么？当官啊。那是多少人梦寐以求的事情！

可是，家主人让我张扬出的却是马不停蹄的忧伤。抚着抚着，先生愤怒了，以至于挑坏了我身上的两根琴弦。我第一次发现先生脾气这般暴躁，他拍着桌子说，我怎么会侍奉一个奸贼呢？我怎么会向一个流氓无赖低头呢？我不会去的！你们就说我病了，去不了！

不去？使者倒不慌不忙地说，太尉谕令，您不去就杀你全家，灭你九族！你看看外面的兵丁们吧……

主人傻眼了。走吧，怎么可以因为自己株连更多的人？

不得已地长途跋涉！我躺在少主人文姬小姐的怀里，随着蔡邕先生北行。然而北行，会掀起多少痛苦的过往？单从蔡邕眉宇间能看出些端倪的。

后来的情况是我们想不到的，董卓竟对我家主人欣赏有加：署祭酒，举高第。三日之间，周历三台。迁巴郡太守，复留为侍中。初平元年，又拜左中郎将，因为从献帝迁都长安，再封高阳乡侯。

自然不会再落魄了。尤其使主人心情舒畅的是，终于有机会达成自己的心愿，可以进行史书的写作了！有那么一些日子，主人少有地弹奏出些昂扬向上、春风得意的曲子呢。

然而，转眼间，董卓被诛，天下更乱了！

那一日，主人行走中见有尸体暴仆在地，周边人等皆不敢前，而他却好奇地凑上去了。当认出是董卓时，主人出于礼节和义气，就禁不住扑在上面大哭了那么几声。

这还得了？偏偏惹恼了新贵王允。终究大祸临头，未能躲过死劫。

天下人皆庆贺不已，你怎么敢哭丧呢？司徒怒问。

主人还实话实说呢：只因一时知遇之感，不觉为之一哭。

知遇之感是一种什么感？值得你不顾后果地痛哭？你怎么看不清形势呢？

我遇上了好主人您，可您所遇非人啊！

当我的灵觉徘徊在古都长安的角角落落，感应到主人遇难的信息时，刚经历过丧夫之痛的文姬小姐正疼爱着我。那一瞬间，我挣断了身上的所有琴弦，试图告诉少主人：知音已去，谁人会听？

请脱下你的高跟鞋

○乐　扬

　　深夜两点半，楼上的高跟鞋又响起。节奏比一点十分缓慢些。在这一小时二十分钟里我洗了澡，在洗脸时我没有闭眼，虽然这有点难度，因为我怕睁开眼后旁边突然多了个人或什么。后来浏览了英特尔上的资本主义与社会主义与共产主义的区别，在浏览到意识流文体的基本特征时，高跟鞋声又一次响起。之前我曾怀疑我的第一感觉，可能是平底鞋呢？但后来的日子里我肯定了我的第一感觉，因为经过一次又一次的历练，我准确地判断出了细微的前脚先落地然后高后跟撞击水泥地的声响。

　　上个月13号的深夜第一次响起高跟鞋，几点钟没有记下，以为是偶然。那个女人应该是才搬来的，深夜才归应该是加班的缘故。但是下班到家怎么不脱鞋？而且有时候又很急促地出去，过会儿又回来？应该是去迎接她的丈夫或孩子。

　　此刻我否定了自己的猜测，因为她再次回来后并没有多出其他的脚步声。此刻的高跟鞋声又缓慢了许多，好像在踱步。我突然想那个女人的眼神应该是凄美的。我也不知道我为什么这样认为。总之那个女人应该长得标致，应该还有点风情，否则怎么每次都穿着高跟鞋。又好像高跟鞋跟风情没有确切的关联，但我脑海里已顽固地刻画出那个女人以及她穿着高跟鞋走路时的风情。我眼前开始浮现出一个眼神凄美神情优雅的女人，纤长的手指夹着一根烟，偶尔抽一口，鲜亮的嘴唇吐出美丽的烟圈。她踱到窗前眺望远方，是在思念亲人还是情人？

随着高跟鞋声又变得急促起来我对女人的优雅产生了疑问。优雅的女人一定懂得在深夜脱鞋，光着脚走在地上会更优雅。可是她的急促是为什么？是白天忙工作深夜才有时间收拾家务？我刚想了个她做家务的样子的开头，脚步声戛然而止。

我的神经松弛了些。在46分钟后，在我的手按到台灯按钮时，高跟鞋声又响起。我全身的皮一下收紧，我准备关灯的手颤抖了一下，导致灯没关掉。此刻的声音不似刚才那样清脆，有点沉重，换了音调也换了节奏。这次我始终猜不透她的意思。伴随着她的高跟鞋声，隔壁传来敲墙壁的咚咚声，不对，不是隔壁，应该是隔壁的隔壁。卫生间里的水龙头响起滴答滴答的水声，我知道我是关了的，我眼睛的余光处有一个头颅探望着我，忽而水声哗啦哗啦很响，我扭头望去，是书柜里横放的一本书。我的鼻子好痒，我赶紧捏住，我怕我的喷嚏声在此刻会显得很突兀。看到映照在墙上的我头颅的影子在摇晃，我的头在摇晃，墙上的壁画也跟着摇晃起来，鞋声、墙壁声、水声……咚咚咚哗啦啦……我赶紧用两手抱紧头，不让我的头摇晃到掉下来。

在我要崩溃时，安静了。

台灯把我的影子映照在黄色的窗帘上，硕大，恍惚间看我坐着抱紧头的姿势有点怪异。眼前突然闪过白天不经意间看到的一个电视画面：一个诡异惨白的女人的脸。我再次起来检查阳台的门有没有关好，我知道我住的楼层已经够高，我也搞不清自己是担心外面掉下来个什么还是房间里跑出去个什么。

我又想去客厅检查门有没有关好，可深夜打开客厅的灯会不会太亮了以致暴露出自己？我想闭上眼睡觉，可不知楼上的高跟鞋声什么时候会再次响起。我躺着，耳朵像兔子一样竖着，我听见自己心跳的声音有条不紊——怦怦，怦怦……

　　天亮了，我踉跄出门。眼前飘着人影，耳边声音嘈杂。我心里大声喊：到底谁是你？到底你是谁？请脱下你的高跟鞋！每个看到我的人都避让着我，脸上露出惊恐的表情。

审　判

○谢志强

　　他当法官审理的第一桩案子是盗窃案。小偷入室盗窃，一些现钞，还顺手牵羊，拿走了一台彩色电视机。小偷对自己的行为供认不讳。不过，小偷说：这比预期拿到的要少。

　　问题是，被窃者刘董事长报了案。A 城有个不成文的规矩：小偷只能偷富裕人家的东西。这是 A 城缩小贫富差距的一项策略。一般来说，被窃者不报案。不报不查，一报必查，这也是明文规定。报了案，小偷很快被捉拿归案，这种类型的案件，侦破迅速。

　　刘董事长说：我的钱大多数存入银行，或者使用信用卡，尽管那点现金是九牛一毛，可是，毕竟是我辛辛苦苦挣来的呀。

　　刘董事长很节俭，换句话说，他很吝啬，有点出了名，他常说要珍惜呀，钱来之不易。大概他过去穷怕了，可是，他没干过偷窃的勾当，他恨偷窃，认为那手段极其卑劣、没有档次。

　　可是，年轻的法官判了小偷三个月的监禁，同时，也判了刘董事长同样时间的监禁。

　　刘董事长不服，直喊冤，还说：简直是葫芦僧乱判葫芦案，我被窃了，为什么也判我有罪？我有什么罪？

　　年轻的法官确实有点古怪，他问：你在日常生活中炫耀过你富有吗？

　　刘董事长说：顶多也是做做广告，是考虑到企业的知名度，扩大产品的销路。

法官说：其实，也是为你自己的富有广而告之，这样，你就吸引了小偷的关注。

小偷说：对，我一直在看他那个企业的广告，但他放在家里的现金没我想象的那么多，还有，我没料到他会报案。

法官对小偷说：你也想富起来，不过，你不应该采取这种方式。

小偷说：尊敬的法官，偷窃是我的专长，我只能用这种方式活下去。

法官对刘董事长说：事情的引子由你而起，你不断积累财富，你的富有是一种诱惑，小偷错在不能适当地控制自己。

刘董事长说：我创造财富倒成了错误？成了罪行？

小偷插进来，说：他从来不捐助公益事业，这一点，我很不平，我不偷，我的同伙也盯住你了，叫你这个铁公鸡——一毛不拔?!

刘董事长蔑视地瞥了一眼小偷，说：法官，你的判决，等于把我和小偷置于同一个档次了，这是污辱、贬低我的人格。

法官说：我依据的是事实。

刘董事长：你不公正，我要上诉。

法官说：这是你的权利。

小偷憋不住，插进来说：你报案，说明你这个人小家子气，算我晦气。我的同伙偷得比我多，那户人家就没报案，人家挣的钱可没你多，你却报了案，你不懂规矩。

法官立即制止了小偷：他报了案，你就有了罪，你还说什么？

媒体炒起了这桩偷窃案，而且反响热烈，这类案件过去发生过无数起，只是，被窃者均保持沉默，他们默认了自己是该遭窃的对象，因为他们富有。A城的小偷向来文雅，绝不动刀动枪，那样，案件的性质发生了质变。A城有句俗语：有上帝就有魔鬼，有富商就有小偷，两者相互依存。

这桩盗窃案的判决，实属绝无仅有。同行都说刘董事长自己撞到枪口上去了，跟小偷较什么真呢？他偷他的，你赚你的，破财消灾嘛。

A城的首脑介入了此案——免去了年轻法官的职务。首脑的说法是：这个法官做得过分了，他要是再追根探源，还不弄到我的头上来了？因为，是我制订的发展措施促使刘董事长的企业兴旺起来的呀。

这桩案件最终的判决是：刘董事长无罪，小偷维持原判，但是，往后不得涉足盗窃行当。首脑无形之中，把长期约定俗成的规矩给取消了。规矩一破，小偷仍像失去了明确的目标那样，有点无所适从。

三个月后，小偷出狱。他潜入了首脑的家。他要报复一下首脑，给他来点颜色看看。这行动，他已在狱中考虑了无数次，整个过程的每一个环节、每一个细节都很具体很周密。这也是他小偷生涯最后一次偷窃，结束后，他打算金盆洗手，换个行当。

一切都在他的预料之中，唯一意外的是，首脑的屋里有一密码箱现钞，他兴奋得发抖。他本来只是想偷些贵重物品。他毕竟没获得过这么多的钱，他也没想到首脑有这么多的钱，而且，他发现了一张凭证。首脑执有刘董事长集团公司的股份。小偷感慨，有些事，他的想象力实在贫乏。

他把这张凭证寄给了一个机构。不久，首脑东窗事发，进入了法律程序。权钱交易。

小偷已携带赃款溜之大吉——离开了A城。

市长的自行车

○蔡中锋

一个月前，我刚到市政府报到的头一天，政府办公室张主任就将我叫到他的办公室里："这些日子你不用正常来政府办上班了，交给你一项特殊任务！"

我忐忑不安地问："我刚来，什么也不懂啊，特殊的任务我能完成得了吗？"

张主任说："你能。当然，你必须要上心，这可是大事，是政治任务！"

我说："那请您安排吧！"

张主任说："事情是这样：王市长也是刚来我们市上班没几天，昨天中午他悄悄地对我说，他这些日子不上报纸，不上电视，要趁大家都还不认识他，骑着自行车到大街小巷兜兜圈子，搞搞调研，体察一下民情。我昨天下午已经买好了三辆型号一模一样的自行车，车锁的型号也是一样的，同时，我也对这些锁做了特殊处理，市长的钥匙可以打开这三辆车子上的锁。"

我问："为什么要买三辆自行车？王市长要私访，给他买一辆不就行了吗？"

张主任说："是这样的，给市长买自行车，当然得买好点的，起码得两千以上的吧？可是好自行车，在我们这儿很少能用上三天不被偷走的！

可是这种情况又不能让刚来的王市长知道，所以得买三辆以上！"

我不解地问："可是，就是买了三辆，王市长也不能一下子骑三辆呀，他骑着的那辆被偷走了，他还是会知道的！"

张主任说："所以，你的任务就是，每天一大早，大约是五点来钟吧，总之，是在市长起床之前，要骑着一辆同样的自行车，先去他所住的小区看一看，如果市长的自行车不见了，你就马上把这一辆放在市长昨天夜里所停的原来的位置！不能出任何差错。另外，如果市长骑着自行车去调研，你也要骑着同样的自行车远远地跟在他后面，千万不能让他发现你，切记！"

我问："您是不是让我给他当保安？"

张主任说："不是。如果市长停下车和别人交谈，或是将车子停在超市、酒店什么门口，一不留神，就会有人偷他的车！"

我兴奋地说："如果是这样，我就大喝一声，将那个小偷抓个现行！"

张主任严肃地说："绝对不行！你看着小偷偷市长的车，千万不要声张。你一声张，市长不是就知道有人偷车了吗?！待小偷推走了车子，你立即将你骑的这辆放在原来的位置！千万不能让市长发现！你有信心完成任务吗？这可是组织上对你的考验！王市长还没有和你照过面，所以，这个任务才安排给你。"

我拍了一下胸脯说："保证完成组织上交给的任务！一定不会让市长发现！"

从第二天开始，我就天天早出晚归，时刻注意着王市长和他的自行车的动向。每次王市长的车子一被盗，我就立即悄悄地补上一辆，自行车不够的话，张主任就再去买新的。在一个月的时间里，我先后为王市长补了十辆新自行车。

今天一上班，张主任就又把我叫到他的办公室里："王市长的调研工作结束了，你的任务完成得很好！在昨天召开的市政府工作会议上，王市长还特意对咱市的治安状况提出了表扬！"

韦眉儿

○秦小卓

　　韦眉儿，是个妙龄女子，据说系唐朝韦固的后人。她在父母掌心上度过愉快的童年与少年时期，加上勤奋好学，毕业于名校，并拥有一份体面的工作。这一路成长，可谓得风得水得太阳，无忧无虑。到了婚嫁年纪，却出现微澜。不知从什么时候起，眉儿开始中邪般地崇拜警察，声明非警察不嫁。你想警察那样危险的事业，能不令双亲焦心、头痛？

　　一个风清月朗的夜晚，眉儿徘徊在老街茂密的法国梧桐下，这时她看到不远处石阶上有一位老人，正坐在那里翻看一本书。眉儿感到奇怪，她本来也是个爱读书的女子，遂凑上前去，有意讨教，问老人，您的眼力如何这样好呢？这本书是怎么一回事？

　　老人笑吟吟地回答，我是月下老人，眼力当然要好。这本书叫《天下婚牍》，世上男婚女嫁主事，都依照它来定制。

　　眉儿"咯咯"笑出声来，这等神奇！那么您也能帮我定制了？我这一生只愿与一名警察做终身伴侣，却还没能找到。

　　老人说，那是姻缘未到，婚牍还没为你定制好。不过，这几天，我掐手算过，所以才在这儿等你，你的先人韦固托我说，你的姻缘已到了，这一次千万不要错过。说完，示意眉儿跟在她后面走。

　　他们来到夜晚交易的米市，在熙熙攘攘的人群中，老人指着一位生一副"国"字脸、穿着寒酸的中年男子对眉儿说，他就是你未来的丈夫。眉儿嚯得差点叫出声来，吞吞吐吐地说，他他他，他太老了，怎么可能是我的丈夫，我不愿意！一万个不愿意！！

老人说，愿意与不愿意，不是你说了算的，到时候你会知道。说完一溜烟似的不见了。

眉儿心念动得飞快：如果这一辈子，真如月下老人定制得那样糟糕，还不如死得好！当年韦固先人派仆人刺杀那个大人怀抱中的三岁小女孩，想以绝后患。可是14年后娶的刺史女儿到底还是她，以她额上花钿下的疤痕为证。可见月下老人定制的姻缘不会改变。

眉儿权衡再三，我不会杀他，我也没有仆人帮我杀他，不如在此处自杀算了，失恋好几次，也找不到一名好警察，早就想死，只是没死成罢了，这回正好一死，省得与"国"字脸的老男人结婚。主意已定，瞄准路旁飞驰的大卡车，意欲撞去……说时迟那时快，一个人飞奔而来，一把搂住眉儿的腰，"咕咕嘟嘟"，二人团在一起，石柱子似的向路边滚去……就差那么一丁点的距离，他们就被大卡车嚼成碎渣。

当眉儿发觉自己被牢牢地压在那人的身子底下时，再看竟然就是那个讨厌的"国"字脸了。她气不打一处来，"啪啪啪"朝那人打了几个响亮的耳光。

那人也不气恼，站起身来，拉起眉儿，攥紧她的手朝一辆汽车走去，将她塞进车厢，询问家庭住址。眉儿蛮不讲理地叫嚷，谁稀罕你救我，谁稀罕你救我！

别胡闹，我是警察！在我面前想寻死可不容易。"国"字脸一边开车一边说。眉儿怀疑自己听错了，问，你是警察？才发现自己坐在一辆白色的警车里。万万没有料到，"国"字脸的男人会是一名便衣警察。她一下子安静许多，打量夜色中开车的那个人的轮廓，竟然不再生厌了。

想来这个人就是月下老人为她定制的伴侣，眉儿的脸不由得发起烧来，怯生生地问警察多大了。当确认他年长自己14岁时，眉儿的心"扑腾扑腾"跳起来。韦固先人也是娶了一个小他 14 岁的小女孩做妻子的，过得恩爱、幸福。

眉儿不好意思地又问，你是不是在米市等一个女子已经 14 年了？

经眉儿一提，警察忽然想起，14 年前的确有一位老人对他说，14 年后，会有一名撞车自杀的漂亮女子，她就是你未来的妻子。可是谁会当真呢？警察耸耸肩自嘲地说。

可是，要是真的呢？眉儿小声地嘀咕一句。想到方才搂抱在一起，死都死过一回了，还会有假？

如果不是有人提及这件事，警察早就忘却。也就是说，并不是因为眉儿是他未来的妻子，才去救她，完全是在不知情的情况下舍生忘死。那么在人们处于危难时刻挺身而出，不就是警察的英雄主义精神吗？眉儿确定这就是自己崇拜警察的理由。

韦眉儿如愿嫁给了一名警察，果然过得幸福、美满。

牙　殇

○江泽涵

公元 2010 年，夏。

老象王特请好友燕王出动所有燕子，向全世界两百万头大象传一道铁令："圣洁的象牙乃我象族光芒，然尚欠完美，故凡我族类须潜心修炼无坚不摧的金刚白玉牙，盼有朝一日能威震兽界。"

大象们接到老象王的命令后，日夜苦练，力贯白象牙，撞击岩石。每一头大象疼得站不起身。

"老爷爷，我疼得都流血了，你看，"小白象号啕大哭，"能不能不练了？"

"不行！玉琢方成器。没有经过烈火的淬炼，何来钢铁？"老象王一脸严肃，"我族象丁单薄，再不修炼成无坚不摧的利器，只有灭亡了。"

于是，老象王又颁下一道命令："谁熬不住若想放弃，立刻逐出象族！"

这是谁都宁死不从的事情。大象们忍着疼痛，承受着血汗，继续苦练。

公元 2110 年，秋。

世界上的八十万头大象的象牙是坚硬了，却细了，糙了，短了。

于是，一头大象向新象王提出，说："看看我们的牙齿，我开始有点怀疑老象王的做法了。"

"混账！"新象王满脸愤怒惊慌，平静后又说，"老象王是我族百年难得一见的智者，它的话不会有错。为了我族宏图霸业，大家辛苦点继续练吧。"

大象们只好遵命。

公元2210年，冬。

"为什么我们儿子都没牙了？"全体三十万头大象纷纷向又一代新象王诉苦，"没了象牙，我们就真的只剩一副臭皮囊了。"

"我的两枚牙齿也只有一个牙根了。"新象王说，"再看看下一代吧。"

大象们一如既往地用牙齿撞击树石，整株大树轰然倒下。

公元2310年，春。

象族兴旺繁荣，有三百万头大象。它们无忧无虑地在大森林里安家，欢快地在水中戏耍。

一个小男孩远远望着，问身旁的女人："妈妈，这些是什么动物？"

"大象。"女人答。

"不对，大象为啥没有像号角一样的象牙？"

"这是谁告诉你的？"女人很吃惊。

"你看，"小男孩翻开一页黄得已经发霉的漫画书，是一头大象和六个人，"这是瞎子摸象的故事，这只大象有象牙。"

"你哪来的这邪书？"

"从咱祖屋的书柜缝里抠出来的。"

"妈妈从没见过牙齿长在嘴巴外的大象，我爷爷也没见过。孩子，你该相信自己亲眼见到的。"

在身后的最新一代象王一个劲儿叹气："几代前辈以血的代价才改变了遗传因子啊！我们虽然痛失了最宝贵的，却留存了下来。"

这个秘密只有历任象王知晓。

自己的影子

○黄建国

　　从夜总会出来，肖甲心里有些疑神疑鬼。他不明白为什么会有这种糟糕的感觉。今晚的事，说到底不算个什么事，无非是几个朋友相聚，有人掏钱，在包厢里喝了点酒，唱了几首歌，旁边有小姐作陪而已。大家都比较文明，虽然眼睛不怎么安分，像织布梭一样穿来滑去，但手脚始终还是规矩的，这一点，肖甲尤其能够把握住自己。整个儿过程就是这样，没有什么出格的地方，当然也就没有什么把柄可以让人捏住。

　　但是，肖甲仍然感到不踏实。他站在夜风里怔了片刻。夜总会招牌上的霓虹灯闪烁不定，打到周围的建筑物上，看上去鬼鬼祟祟的。他忽然意识到似乎有人在玩弄阴谋，额头不禁沁出一层细汗来，为什么偏偏在这个时候相聚？为什么多年不见的朋友突然就神秘出现了？为什么下午打过电话已经约定了相见的地点却又迫不及待地把车直接开到楼下提前将他拽走？这难道都是偶然的吗？许多问题不想则罢，想一想，就会发现破绽的。有多少很有希望的事情，就是因为你没有去想，根本不知道它毁在什么地方了。

　　肖甲回到家中，先在厅里抽了一支烟。上床后，心里依然放不下，在床上又辗转了一阵子。他这么一番折腾，惹得他妻子老大不高兴。她忍不住坐起来说："你搞什么名堂嘛你。"然后用被子把头蒙住了。肖甲讪讪地说："人家心里有事情呢。"

天亮了，肖甲的脑袋昏沉沉的，但是当他沿着绿化带夹成的小道走向办公楼去上班的时候，感到早晨的阳光那么好，清亮透明，让人感到像洗了个澡一样舒服；况且，还有那么多人尊敬地跟他打招呼，肖甲就不再郁闷了，他甚至觉得昨天晚上纯粹是庸人自扰，简直毫无道理嘛。

日子就这样在不惊不诧中过了几天。一个下午，快下班时，一位肖甲平时非常欣赏、有时还不免为之心动的女下属约肖甲去咖啡屋坐坐，她想对他谈谈工作中的某些困惑。下级主动约请上级谈工作，这是个好现象，起码表明了一种积极热情的工作态度。肖甲本已含含糊糊答应了，跟一个具有情韵的女下属去一个富有情调的地方，哪怕光谈论枯燥的工作问题，也是一件愉快的事情。但是，肖甲却立即警觉起来，脑子里闪出一串诸如"别有用心""陷阱"之类的词。他锐利地盯了女下属一眼，口气严肃地问道："你怎么会想到用这种方式来谈工作？"女下属无以回答，张了张嘴，很委屈地转身走了。

周末，肖甲照例要和妻子去岳父家。因为离得不远，他们一般步行而去。肖甲和妻子并肩走在街上，不时东张西望。他老觉得有人在什么地方用眼睛探他。经过电影院门前时，围上来三四个卖花的小女孩，跟着，缠他买一束花。肖甲回过头恼怒地一挥手，吼道："走开！走远点！"引来许多侧视的目光。肖甲的妻子加快步子，与肖甲拉开距离。她不能容忍和她走在一起的人在大街上那么粗鲁。

"这些孩子死缠活缠，真讨厌。"肖甲赶上去对他妻子说。

"讨厌的是你。你不买也就罢了，吼什么吼，太没风度了。"肖甲的妻子说。

穿过一条人渐稀少的小巷，就到岳父居住的小区门口了。肖甲左顾右盼一番，再扭身朝后看看，才抬脚跨了进去。他妻子极为不满地说："看什么看？像做贼一样。"肖甲说："你误会了。"他妻子说："我并没有以为你在看别的女人，后头只有你的影子。"

这样到了岳父家，两个人就有点别扭。岳父问他怎么了，肖甲谦卑地微笑着一声不吭，肖甲的妻子则抱怨了一通。

肖甲的岳父，肖甲妻子的父亲，这位和蔼可亲的离休老干部，朗声笑了起来。他接着以过来人的口气对女儿说了下面的一番话：

"你怨不得他。你知道，小肖目前正在敏感期，就像你们女人怀胎的时候免不了妊娠反应一样，他怎么能不处处倍加小心呢。想想看，四个科长，只能上一位副处长，谁上？谁不上？草木皆兵呢！有时候，连自己的影子也要防备呢！依我看，小肖还真是块搞行政的料儿，在他身上，我看到了我过去的影子。不过，他比我那时候强多了，哈哈……"

英雄老王的故事

○朱耀华

老王家不宽，两室一厅。装修的时候他动了一番脑筋，在靠厨房的门上方吊了一个假顶，隔出一个不显眼的小阁楼，刚好能躺一个人进去。平时家里来了客，儿子就只好在那上面委屈委屈了。后来，儿子说那里睡觉别有风味，干脆就把那里做了卧室，腾出一间房来让老王做书房。

那天晚上月亮很好，仅一个人在家的老王却失眠了。半夜，他突然心血来潮，挪过屋角的小木梯，爬上了他儿子的那个小阁楼。床上，儿子的玩具堆了一大堆，还有不少小人书。老王躺在上面，觉得很新鲜，一种久违的童趣漫上心来。对失眠的人来说，这种感觉再好不过了。

慢慢地，他甜蜜地进入了一种恍惚状态。不知什么时候，一种奇怪的声音把他弄醒了，他睁大眼向下望去，这一望，他倒抽了一口凉气！

客厅里站着一个人，一个光头男人！

老王的心差点儿跳出了胸膛，他几乎叫出声来。

光头蹑手蹑脚的样子，正在四处张望。老王明白了，这是一个入室盗窃的小偷。这段时间，城里已经发生了好几起入室盗窃案，还发生了一桩血案。电视和报纸多次提醒人们注意。

老王想喊，但他的喉咙里像塞了一团棉花，发不出声来。立刻，他又反应过来，捂住了自己的嘴。"不能喊，一喊，会招来杀身之祸。"老王想，说不定门外还有同伙，不能惹他们，这些家伙是不在乎杀个把人的。

老王头上冒出了冷汗。他听见自己的牙齿在"囊囊囊"地打架，怎么也克制不住。

大概光头已经确信房内没有人，变得大胆起来。老王听见"喀"的一声，光头打燃了手里的打火机，屋里顿时笼罩在迷蒙的橘黄色的光辉里。老王看清了光头的脸，那张脸凶狠、蛮横。还好，光头没有发现屋顶角落的小阁楼。

光头粗略地打量了一番，就开始轻轻地翻箱倒柜，大概没找到值钱的，光头还嘟哝着骂了一句。然后光头进了卧室，这一下，老王提心吊胆起来，他老婆是单位出纳，刚好今天收了几千块钱，因下班时有急事，没来得及送回单位，就放在床头柜里面。不过，这个时候，老王已经没有别的办法了，只有听之任之。无论如何，命比钱重要。

他听见光头撬锁的声音。这个时候，老王反倒希望光头能够顺利一点，然后早点滚蛋。那时，他就算解放了。但是，不知是光头业务不熟还是柜子太难撬，老王觉得好像已经过了很久，那家伙竟然还没有得手，老王甚至都替他着急。

老王就这么蜷缩着，一动也不敢动，紧张，恐惧，痛苦，不安。突然，他鼻孔一阵发痒，一种抑制不住的难捺攫住了他。几乎来不及作出反应，一个喷嚏冲口而出。

完了！这下完了！老王痛苦地揪自己的头发，等待不幸的降临。这时，他看见光头像一只受到惊吓的大老鼠，从房里蹿了出来。一只凳子被踢翻了，光头"哎哟"了一声，紧接着光头的肩又在铁门上重重地撞了一下，然后，光头笨重的身躯"骨碌碌"地从楼梯滚了下去。

愣了很久，老王清醒过来，才发觉危险已经过去了，千真万确。这么简单，这么仓促。老王摸了摸自己的胸口，那里还在惊慌地跳着。他急急地下了阁楼，打 110 报警。

警察很快赶到，光头昏迷在楼道里还没苏醒过来。

报社、电台的记者采访了老王。老王智退盗贼的故事传遍了大街小巷，成为人们心中的英雄，还有人据此编了一段评书。

蚂蚁唱歌

○黑　白

　　依成人的经验，蚂蚁唱歌是骗人的鬼话。换句话说，就算是蚂蚁能唱歌，谁又能听得见呢？可我证明起码有一个人能听见蚂蚁唱歌，而且常常听得如醉如痴。这个人是谁呢？是我老家邻居的女儿小毛豆。

　　毛豆这个名字是我给她起的，她姓黄，合起来就是黄毛豆。她爸老大不乐意，说：亏你还写文章有文化，就给我女儿起名叫毛豆？还嫌不土呀，干脆叫地瓜得了。毛豆只有四岁，调皮得像个野孩子，并且身上永远脏污不堪。在街坊邻居之间，大家不太喜欢她，不喜欢的原因之一，就是她爱撒谎，连她母亲也这么认为。大家喜欢把毛豆和我女儿作对比，我女儿永远文静、听话，每天早晨她早早起床自觉背英语单词，然后吃饭上学。出门给她两元零花钱，到晚上她不知怎么用就又还给我。黄昏降临的时候，她会自动打开乐谱架夹上乐谱，练上一小时的小提琴。我有时候也觉得她这样的生活太单调沉闷了，就带她上公园，希望她放开手脚像毛豆那样疯野一下，可她只是斯斯文文地站着，不肯坐在泥巴地上。

　　几天前，我们回家又看到毛豆，吃饭的时候我也给毛豆盛了一碗。毛豆妈看见了，呵斥道：到一边吃去。她跟毛豆说话从来都用这种口气。毛豆觉得母亲在外人面前不给她面子，嘟着嘴一脸不悦。我捧着饭碗慢慢凑近她，她见了我立马笑了起来，吃了一大口饭。我也模仿她吃了一大口，她忽然神秘地冲我说：昨晚，我下了一个、一个天蓝色的蛋。我故意一惊，说：哎，蛋在哪儿？她把我带到她家鸡窝边，一指，说：在这儿。我想怪不得大家都说她爱撒谎了，她哪是在撒谎呢？她是把孩子的幻想、梦境与现实完全搅和在一块儿了，用作家的观点就是魔幻现实主义。我追问：蛋呢？她想了一下说：让蚂蚁搬走了。我忙说，我昨晚也下了一个蛋，是红的。她一怔，她没想到一个大人会用这种口气和她说话，怔过之后她大笑起来，一直笑出了鼻涕。她说：你的蛋有多大？我说有红灯笼那么大。她激动万分地跑去报告说：陶书天爸爸也下了一个蛋，比我的蛋还大。她为找到一个同行而心满意足，可是却没人附和她，她稍稍显得有点失望，不过总算找到了一个知音，一下午她就缠着我。我午睡醒来，在厨房后面找到了她，我问她在干什么。她说：我在听蚂蚁唱歌。土墙上果然有一窝蚂蚁，我侧耳静听了一会儿，说：我也听见蚂蚁唱歌了，唱得可好听了，你看那个蚂蚁王，它像猪哼，那个小细腰蚂蚁声音又尖又脆。还有那个来回跑的蚂蚁，嘎声嘎气的——她不住地点头，呃，呃，我天天都要来听，天气好时它们才肯唱。她仰起小脸冲我说着，开心地笑了起来。

我羡慕毛豆的快乐与幸福，这份快乐我女儿不会拥有，她长大了多半会成为一个白领吧，机械、冷漠，这与不完整的童年肯定有关。毛豆长大了会干什么呢？干什么都不太重要，重要的是拥有一个浪漫主义的童年。一个会下天蓝色蛋、能听见蚂蚁唱歌的童年该有多么快乐。

说　话

○吴守春

　　我从后门抄近回家。

　　猛不丁，弟弟家后门边搭盖的狗棚里响起了"汪汪"的犬吠，吓了我一跳。黄狗两只前腿腾空，舌头从咧开的嘴巴里吐出来，怀疑一切的眼睛死死地盯着我这个不速之客。

　　谁呀？

　　母亲解围。打开门，见是我，母亲脸上漾出了亲切和喜悦。母亲冲着黄狗嚷：小宇，别凶，是大伯嘛，家里人都不认得，饭让你白吃了，孬子。

　　黄狗停止了吠叫，迅速调整了姿势，凑到我腿边，又是嗅又是舔的，尾巴高高竖起，一副讨好欢迎的嘴脸。我也腾出手，在它的额头上抚摩，心说，狗通人性，真乖。

　　母亲接过包。我问，妈，你刚才叫黄狗啥了？母亲笑而不答。一会儿，母亲说，我把黄狗当你侄儿养呢。

　　别人家都把狗叫赛虎什么的，城里人甚至给宠物起个洋名，而母亲却唤黄狗小宇，小宇是侄儿小名。

　　母亲和弟弟一家住在乡下老家。弟弟、弟媳长年在北京经商，把侄儿丢给母亲，祖孙相依为命。今年，弟弟、弟媳把侄儿带到北京。弟弟捉了黄狗，用来看家护院。

放下我带的东西，母亲又来到狗棚，叮咛：小宇，那是你大伯，你记住了，不能乱咬，要是乱咬，我可饶不了你。你瞧，你大伯给你带来好吃的，今天，你就能啃猪骨头了。

我注意到忙活的母亲，总是偷空儿和黄狗说几句话，黄狗懂事似的望着母亲就差没有点头。

下午，我到村子里转了一圈。回家，黄狗趴在地上，睁眼，见是我，不再有过激行为。

后门关着。

母亲在接电话。我住了步，不便打扰，没有叩响门环。

小宇，我的乖乖心啊，是你呀，你都晓得给奶奶挂电话了。

黄狗忽然蹿了起来。

母亲丢过话：小宇，不是叫你，睡你的觉去，夜里可甭装糊涂，我在和北京通电话呢。

黄狗安静下来。

小宇，你妈呢？在摊子上卖货。你爸呢？去广东进货。好，你可得在屋里不要乱出门，大城市不像在家，车子多。好好做作业，电视少看，别把按钮扭坏了，当心你妈妈拧你耳朵。作业做完了就好，好好学习，天天向上。将来考大学，像你大伯那样，在外干大事情，端公家饭碗。你大伯今天回来看奶奶了，你甭调皮，调皮，你大伯就不喜欢你了。你大伯还给你带了玩具，你要是听话，春节回来，奶奶就把玩具给你玩。小宇，你问你爸爸临走时捉来的小黄狗，嘿，长得可大了，你春节回家让你好好和小宇玩。对啦，它也叫小宇。好吧，我还有事，饭锅开了，快挂了电话，节省钱。你爸你妈挣钱不容易，以后，不要动不动就给奶奶打长途，奶奶和家里的小宇都好呢。

"啪"，电话终于挂断。

我就觉得，给母亲装部电话是必要的。当时，母亲坚决不让我装呢。

母亲说，装电话浪费钱，自己又不会打，装那玩意儿聋子耳朵——摆设嘛。

吃罢晚饭，母亲说，你帮我打个电话到北京，也不知道他们生意怎么样，小宇那孩子和我在一起待惯了，我什么事都依他，他妈妈那脾性，还不知道怎么整他呢。

我说，妈，北京电话不是打过来了？

母亲一愣，问，啥时打的？

我说，下午呀，你忘了？

母亲脸上掠过一丝羞涩，说：哦……你都听到了？他们忙，哪有工夫给我挂电话。你爸死了，妈一个人闷得慌，有什么话就想拿起话筒唠叨两句。每天对着话筒聊聊，心里就好过踏实多了。妈不识字，不会打电话，左邻右舍都羡慕我隔三差五地接你们的电话呢。

我猛然意识到又有一两个月没给母亲打电话了。这能怪我吗，母亲每次接电话，都说她很好，反复叮嘱，没事就甭打，你们有事没事打电话回家，我还得时刻惦记电话，耽误我干事，闹心……

残　局

○彭国梁

　　有人说他像间谍。高级间谍。据说有的资深间谍就是一个修鞋的或修钟表的，在某一座大楼的门前摊子一摆就是好多年。可他不是，他甚至什么都不是。

　　什么都不是的他，在街的一角，设一残局。

　　一张小得不能再小的桌子，刚好放一个棋盘。另外，还有两张小凳子。一张自己坐着，另一张等待对手来坐。在自己的凳子旁边，地上还垫着一张报纸，报纸上放着烟酒槟榔茶。

　　烟是普通的烟，酒是谷酒，槟榔的味道比较平和，茶是绿茶。这是他生活的讲究，这是他生命的支撑。

　　烟瘾来了，就抽烟。一块钱一个的打火机，方便。轻轻一按，蓝色的火苗就冒了出来。烟点着了，烟雾在眼前缭绕。他透过烟雾看街上的行人。行人有的像车，直来直去或横冲直撞。行人有的像炮，不是炮打隔山的炮，而是炮仗的炮，一点就着，一着就响。行人大多是兵是卒。行人如马如相的，那就比较稀奇了。能在将帅身边工作的，自然就很少从他这街上过，更不要说将帅了。若一定要说谁是将帅，那将帅就是他自己。

　　他感到他就是将帅了，一股豪气油然而生。

　　喝谷酒，谷酒来自农村。雨露滋润禾苗壮，禾苗壮谷子就壮，谷子壮，蒸出来的酒就好。当然，蒸酒打豆腐，称不得老师傅。但毕竟，蒸酒是有师傅的，他喝的谷酒，是正宗二锅头的谷酒，是一个乡下的铁杆朋友送的。

对面的那张小凳子一直空着。他甚至为对方准备了一只酒杯。人来人往的，居然就没有人坐下来。也曾经有人来坐过，但坐不了几分钟，就灰溜溜地败下阵去了。他想，要是杨官麟来了呢？杨官麟是棋坛"老冠军"，其残局的功夫炉火纯青。杨官麟来了，就赶忙收拾棋摊儿，请他到家里喝酒。

他觉得自己是在发神经了。他拿起一只槟榔嚼了起来。前不久报纸上有人说槟榔致癌，后来又有人出来严肃地指出，槟榔不可能致癌。他认为世间本无事，庸人自扰之。

写武侠的大师梁羽生先生认为，杨官麟的棋风是：平淡见奇功。平淡好，平平淡淡的日子，平平淡淡地打发。在街角，设一残局，棋逢对手，将遇良才。没有对手也无所谓，残局在太阳下依然放着光。残局，残局。天边的一弯残月，山间的几星残雪，那是一种美，冷冷的美。还有断臂的维纳斯，有人想入非非，企图将那断臂接上。有一个女人患了乳腺癌，失去了一个乳房，于是，便在那乳房处文上了一朵花。他微微地闭着眼睛，想象着那一朵花。那一朵花有没有花香？那一朵花结不结果？那一朵花是从女人的心上长出来的吧。他伸手去抚摩那一朵花，忽然听见一个声音说：将军！

他睁开眼睛，只见一个小伙子坐在了他的对面。

小伙子喜欢下棋，但不是他的对手。

小伙子说：你一天到晚坐在这里，鬼都不上门，还有什么意思呢？

他说：鬼都不上门，也好。你不见这残局在这街角放光，这光是保一方平安的。

小伙子说：又在说梦话，这一方平安靠你来保，那保平安的不都要下岗？

他说：我保的是心灵的平安，这你不懂，你还太年轻，人年轻就心浮气躁，就坐不下来，就享受不了寂寞和孤独。

他不再答理小伙子，他又开始喝茶。他之所以喜欢喝绿茶，是对一座山有一种向往。他曾经把自己的青春放在了一只黄色的挎包里，那黄色的挎包现在还在一座山上。那黄色的挎包是被一个采茶的姑娘藏起来的。一座山，漫山的茶树。他是向往还是留恋，是憧憬还是回忆？他喝茶，他听到了茶里面的歌声。

有一个写武侠小说的，取了个笔名叫独孤残红。

这名字妙不可言。只是不知道这独孤残红会不会下棋。或许，这独孤残红须发皆白，此时正在一深山的大树下设着一残局。他想哪一天，背着一个小小的包袱，一座山一座山地去寻找。那装着青春的黄挎包自然是找不到了，但说不定可以在某一棵大树下碰上独孤残红呢！

谁说鳄鱼不流泪

○麦兜兜

　　他们说我是不哭的，眼泪也是虚假的。我是南美茂密丛林中这片流域的霸主，一条足够强大的鳄鱼，我为什么要哭呢？

　　我经常在暗夜醒来，从同一个梦魇中惊醒。在梦里，我是孱弱的，双眼乏力无神，四肢不能活动自如。我刚出生不久，跟着母亲慢慢游走在湿地的边缘。是一个早晨，我清楚地记得，溪水在阳光的照耀下闪闪发亮，又凉又软地冲刷过我的身体。四周静谧祥和，我有些陶醉。

　　我是妈妈最小的孩子，她给我食物，带我游玩。但是她从不微笑。偶尔眼里会有温柔的光溢出，那样使得她的眼睛看上去很美，但温柔是一闪而过的。她说，在这个世界上，有一个词语叫弱肉强食，有一种定律叫适者生存。

　　所以不能当一个弱者。

　　那个早晨我们遭到袭击，在溪流转弯的地方，母亲叫我向前走。她严厉地命令我，很突然的。我听话，向前。鹅卵石划过我的肚皮，有些疼痛。我不想走，停下来，回头看母亲。这时候我发现她在转身，撤退。我不明白，连忙掉转身体，想去追赶她。

　　突然，我被拦腰叼起。有锋利的牙，刺进我尚未坚硬的皮。我挣扎着，用尾巴拍打水面。母亲回头看我，眼里满是决绝。我突然想起她说过的一句话，在我们鳄鱼家族里，为了自己的生命，自己的孩子都可以放弃。

我的眼泪汹涌而出。母亲。母亲。

这片丛林的又一强者是美洲豹。他们姿态优雅，牙齿锋利，经常在清晨觅食。有时候一条小鳄鱼，就是他们美味的早餐。

捕获我的，是一只母豹。我不害怕，从母亲回头走掉的那一刻开始，我就不再害怕了。当母豹把我扔到她的孩子面前时，我居然有点喜欢她了。我的母亲也给过我食物，但是她从没有这样温情过。

她舔她的孩子，叫他吃早饭，语气温柔。然后他们一起走向我。是一只幼年的公豹，额头上有奇特的花纹，像八只角的太阳。他走近我，看我。我心里想，你吃吧，你多幸福，有爱你的母亲。我什么都没有，我宁愿死掉。

他看看我，突然回头问他母亲：她这么小，她的妈妈呢？然后很突然地，把我扔回了水里。他依偎在母亲身旁，看我漂走。

我没有回到母亲身边，漂泊到另一个流域。我迅速地成长，自己捕获食物，保护自己。只是我会经常做梦，梦里全是母亲抛弃我的那个早晨。梦的开始总是比较美，然后画面更迭，悲伤重重。醒来的时候我问自己，为什么你会是鳄鱼？

我终于成年，皮质够坚硬，眼神够刚毅，心肠够狠毒，我成了这个流域的霸主。我也有自己的孩子，我努力做一个好母亲。我疼爱他们，保护他们，我想危险到来的时候，我不会为了保全自己而放弃他们。

丛林里传说，鳄鱼家族里有一个好母亲。我的孩子们，都为此骄傲。

有天夜里，我在噩梦中惊醒，看见了火红的光。我叫醒孩子，带他们离开。是的，这里就要被毁灭。我早听说，20公里外的丛林成了灰烬，而200公里外的丛林种了玉米。

我们走了很久，回到了我曾生活过的地方。在这里也快没有食物了，很多动物都跑到更深的丛林去了。有两天，我们没有发现任何活的动物。

一个清晨，我带着最小的孩子出去觅食。很不幸地，他被一只美洲豹捕获，就在我的眼前。我快步冲上前去，我要救回我的孩子。

　　我冲上去，想用尾巴扫那只豹时，突然看到了他额头上的八角太阳。他那样瘦弱，肚皮凹进去，已经很久没有进食。我想如果他再没有食物，就会死去。而我，有那么多孩子。没有他，就没有我们。

　　我犹豫了很久，终于转身离去。到了拐角处我回头，我看不清眼前的所有，因为我的眼里，满是泪水。

考驾照

〇吴志彬

我是一名保险营销员。要是有一辆自己的车该有多好，多年来我一直这样对自己说。现在好了，我的愿望即将实现，只不过我还需要一本驾照。

"这个忙我能帮。"一位分管交通的大领导对我说。我刚为他办理了一份保险，给了他最优惠的条款。

他当着我的面，拿起电话，对一位职位比他略低的领导说："我有个外甥，他需要一本驾照。不要违反原则，按正常手续办！"

于是，我找到那位什么主任的办公室。他热情地为我沏茶，递烟，甚至还弯腰为我点着。他责备我，这样的小事不该麻烦舅舅，直接找他就行。他给我写了张便条，亲自送我出门。

在另一个部门，接待我的中年男子一脸冷漠，就是机关人员通有的那种表情。他的目光越过报纸的顶端，瞥了我一眼，问我有什么事。我递上便条。我看见他的脸发生了强烈的化学反应，灿烂如一朵绽放的玫瑰。那谦逊的态度，好像他是我外甥。

他从小抽屉里拿出一张表格，亲手为我填好，盖上公章。是一张健康状况表，当然上面是我的名字。多年超负荷的工作，我身体状况糟透了，血压偏高、心律不齐、脂肪肝、胃溃疡、耳鸣耳背、视力模糊……可表格里这个人连脚气沙眼都没有，身体棒得能当宇航员，天知道他是谁！

凭着这张便条，我又去了几个部门，一路绿灯，最后来到"驾训队"。看来他们早已接到了电话，我受到了热情的接待。

"三个月？那……那我的工作可不允许。我可不可以每天来半天？"说实话，我自己都觉得这个要求太过分。

"是这样啊？那么您就安心工作吧，留下电话号码，需要时我们会给您打电话。"这太让我意外了。

三个月后，我几乎忘了这件事，他们给我来了电话，让我参加考试。我慌了，我可是什么也不会啊。他们安慰我说，只是个程序而已。

先是理论考试。

"能说说离合器的工作原理吗？"主考官微笑着和我商量。

"离合器？"我从来没听说过这玩意儿，是一种新的高科技仪器吧？"大概……大概是一种测试婚姻状况的机器，它的工作原理应该和测谎仪差不多。可这和我的驾照有什么关系呢？"

有人忍不住笑出声来。我看见主考官脱去了上衣，并抱怨这鬼天气太闷。

"什么叫空挡滑行？"

"就是不吃早餐驾车，这可是严重违章行为。"我很有把握地回答。主考官又脱一件衣裳，只剩一件衬衫。

"你知道安全气囊的作用吗？"主考官的声音很疲惫。

这个问题令人难以启齿，我有点羞涩："是一种很好的避孕工具，可以预防艾滋病。"一位考官将一口茶水喷在另一位考官的后脑勺上，他们有些幸灾乐祸地看着主考官，主考官痛苦地揉着太阳穴。

"那么……那么，你总该知道交通法规定，车辆应在道路的什么位置行驶吧？"主考官几近乞求道。

"当然是在路面上。"这个白痴的考官，他沉重地跌进座椅，并解开风纪扣，露出黑糊糊的胸毛，大口喘着粗气，最后咬牙切齿地在我试卷上写了个歪歪扭扭的"优"字。

实践考试的情况更糟糕。我先是忘了开电门，然后找不到离合器。旁边的考官只好和我换了个位置。我又得了个"优"。

就这样，他们象征性收了我一半不到的费用，就给了我一本驾照。经过严格的法定程序，我成为一名合格的驾驶员。需要说明的是，我持有的是 A 照，就是说除了飞机、火车、坦克、航天飞船，我几乎什么都能驾驶。

不过我终于还是没有买车，而且一步不敢走出家门。我想到那些和我一样获得驾照的人们，他们合法地掌握着我的生死大权，并且随时可以在路上、人行道甚至电话亭，像碾死臭虫一样要了我的命！我的两腿就瑟瑟发抖。

我在家通过因特网，向自己所在的那家保险公司，购买了一份意外伤害险。

张　刀

○杨海林

张刀是个砍柴的樵夫。

刀也不是好刀，在钵池山下蒯记铁匠铺打的，很笨，刀口开得也不好。铁倒是好铁，黝黑黝黑的，用久了，就生生地白。

这样的刀很合张刀的脾气，张刀砍的柴尽是碗口粗的荆棘，木质很紧，耐烧，挑到集市上自然容易脱手。山下的武馆要柴。武馆是张刀的老主顾，这回又预付了订金，张刀掂着手里的碎银子，愣了半晌说：要这么多？

给钱的伙计就说，武馆要在三月初七这天接待几位江湖上的朋友。伙计又说张刀你可卖点儿力，凑不足数惹恼了馆主没你的好果子吃。

张刀说哪能，也就是一晌的工夫。

果真一晌的工夫，武馆的三间柴房就被张刀填满了，给钱的伙计很高兴，拍拍张刀的肩膀说好好洗洗吧，换了别人三天也砍不了这么多哩。

就到井边洗了洗。

叫馆主看见了。馆主先看见了满满一柴房的柴，然后，馆主看见了在井边洗冷水澡的张刀，馆主又看了看张刀放在一块太湖石上的刀，问：那柴真是你砍的？

张刀说嗯。

馆主说，就用这刀？

张刀说嗯。

馆主说你砍的柴其实叫石枸杞，一般的刀是伤不了它的，我刚才看过了，那些石枸杞上留下的刀痕平整光滑，没有绝世武学，更不可能办到。

张刀笑了，有点儿无可奈何，叹了口气，说，莫非先生也善使刀？

馆主就说声惭愧，取了自己的双刀捧给张刀看，张刀用手轻轻弹了下那刀，听见"铮"的一声响。

张刀说好刀啊，吹毫断发，是菊花钢做的吧？

伙计们便怂恿张刀和馆主比试一下，张刀推托不过，才三五个回合张刀便败下阵来。

馆主很失望，馆主说先生是不屑与我过招儿吧？张刀仍然笑，张刀披起自己的柴刀说惭愧。

是夜，张刀正在院内饮酒，忽然就跳进来几个蒙面人，将张刀团团围住。

张刀就叹了口气，将碗中的酒一饮而尽说你们可是武馆的人？

说时迟，那时快，张刀的那把钝刀在头顶划了一道亮亮的弧光，接着"嚓"的一声，被削掉的头发竟扑簌簌针一样四下飞散开去。蒙面人"啊"地惊叫一声，倏地全没了踪影。

馆主来给张刀赔罪，馆主说那几个人是来敝馆做客的江湖朋友，他们都想以打败先生为荣，先生的断发已深入他们的经脉，稍有不济，恐怕就会断送他们的性命了。不知先生肯否赏我一点儿薄面饶过他们？

张刀又叹一口气，说坐下来喝酒吧。

自然喝得没滋没味。

张刀说不要紧的，忍一个月的痛，那些头发就自动散出来了。

张刀又说馆主那把刀，不知能不能送我？

馆主一惊，说，先生也要涉足江湖？

张刀说起先不想，但此后恐怕我难有安宁日子过了。

前世今生

○苏　虹

　　她是一个在佛前守候的精灵。有一天在看明镜里的尘世的时候,她看见了一个男子,一身深蓝色的衣,在街市上平静地站着,孤独而高傲。精灵一下子被打动了,她指着那个男子对佛说:佛,你可以满足我一个愿望吗?佛微笑着,看看手中的花,对她说,你要什么?精灵说,我要去陪伴那个男人。

　　佛依然微笑,他问精灵,你知道什么是陪伴吗?精灵有些疑惑。佛继续说,陪伴,就是把你的生命永远地融进那个人的生命里。精灵仿佛有些明白。可是,佛说,你是精灵,他是人,他不过只有一百年的寿命,你却是永生的。精灵有些慌张,问佛,那我要怎样才能有和他一样的生命呢?佛说,你要变成人,你要经历红尘。

　　精灵说,那,佛,你把我放到红尘里吧。佛说,红尘苦。精灵说,可是红尘中有他。

　　佛说,红尘是海,你不会水性。精灵说,我会攀着自己的信念。

　　佛知道精灵的坚决,于是对她说,红尘苦,我给你三样东西,一是美丽,一是财富,一是聪明。三样你只能选其一,第一次,你要什么?精灵看了看明镜,说,我要美丽。佛挥了挥衣袖,对精灵说,你去吧。

　　精灵于是化成一个美丽的女子。可是除了美丽,她一无所有。她成了青楼中一个苦命的妓女,每天弹着琴,坐在人前凝视着那双眼睛。那个男子依然一无所有。他没有钱，只能远远地坐着听女子的琴。女子固执地把自己头上的青丝抛给他，他捧在手心。

女子被一个高官看中，要纳为小妾，女子不从。女子忧伤地看着那个男人，把一把剪刀刺进自己的心怀。

女子重新变成精灵。佛问她，第二次，你要什么？精灵说，我要财富。佛依然挥了挥衣袖。精灵于是变成了一个富豪的女儿，应有尽有，偏偏没有爱情。女子依然固执地爱着那个男人，甚至把她所有的东西都和男人分享。可是她发现男人看她的眼睛始终是冰冷的。他挥霍着她的金钱，也挥霍了她的情感。

男人对女子说，你太有钱了，所以你注定无法失去，你也就无法拥有感情。

女子痛哭着把一把刀刺向男人。女子重新变回精灵。这一次，她对佛说，我要聪明。佛于是把她变成一个聪明万分的女子，重新在红尘里陪伴她的男人。女子实在太聪明了，所有的一切都用精确的方程式来计算着，她用自己的聪明去接近那个男人，甚至算计着那个男人。可是那个男人看她的眼神始终是冷冰冰的，甚至有仇恨。女子哭着问他为什么，他说，你实在太聪明了，我不过是你手中的一个数字，任凭你把我随便拉进一个方程式。你对我只有占有，没有感情。

于是，男子投身战争，在一个敌人的刀下，血流一地。女子再次成为精灵。这次，佛还没开口，精灵就已经落泪了。佛惊异地发现精灵有了感情。佛说，你已经无法脱离红尘，佛只能给你最后一样东西了，你要什么？精灵闪动着泪光，对佛说，我什么也不要，我只要他爱我，永远爱我。

佛不语，佛挥挥衣袖。这一次女子看着那个男人温柔地把自己抱进怀里，温柔地吻了吻她带着泪花的眼睛。女子惊异地发现她变成了那个男人的女儿，被他疼爱一生一世。

信息时代的无奈

○文　心

东东比萨店的电话铃响了，客服人员拿起电话。

客服：东东比萨店。您好，请问有什么需要我为您服务？

顾客：你好，我想要……

客服：先生，请把您的 AIC 会员卡号码告诉我。

顾客：1352596107437718。

客服：陈先生，您好，您是住在泉州街一号 12 楼 1205 室，您家电话是 203939889，您的公司电话是 23113731，您的手机是 1939956956。请问您想用哪一个电话付费？

顾客：为什么你知道我所有的电话号码？

客服：陈先生，因为我们联机到 AIC CRM 系统。

顾客：我想要一个海鲜比萨……

客服：陈先生，海鲜比萨不适合您。

顾客：为什么？

客服：根据您的医疗记录，您血压高和胆固醇偏高。

顾客：那……你们有什么可以推荐的？

客服：您可以试试我们的低脂健康比萨。

顾客：你怎么知道我会喜欢吃这种的？

客服：您上星期一在中央图书馆借了一本《低脂健康食谱》。

顾客：好……那我要一个家庭号特大比萨，要付多少钱？

客服：99 元，这个足够您一家六口吃了，但是您母亲应该少吃，因为她上个月刚做了心脏搭桥手术，处在恢复期。

顾客：可以刷卡吗？

客服：陈先生，对不起，请您付现款，因为您的信用卡已经刷爆了，您现在还欠银行 4807 元，而且还不包括房贷利息。

顾客：那我先去附近的提款机提款。

客服：陈先生，根据您的记录，您已经超过今日提款机提款限额。

顾客：算了。你们直接把比萨送到我家吧，家里有现金。你们多久会送到？

客服：大约 30 分钟，如果您不想等，可以自己骑车来。

顾客：什么？

客服：根据 AIC CRM 系统的全球定位系统车辆行驶自动跟踪系统的记录，您有一辆车号为 GY – 4878 的摩托车，目前您正骑着这辆车，位置在解放路东段华联商厦右侧。

顾客：×××。

客服：陈先生，请您说话小心一点儿，您曾在 2002 年 4 月 1 日用脏话侮辱警察，被判了 10 天拘役，罚款 200 元。如果您不想重蹈覆辙，就请您礼貌回复。

顾客：……

客服：请问还需要什么吗？

顾客：没有了，再送三罐可乐。

客服：不过根据 AIC CRM 系统记录，您有糖尿病，您在 6 月 12 日曾去第三医院做过检查，您的空腹血糖值为 7.8（140），餐后两小时血糖值 11.1（200），糖化血红蛋白……

顾客：算了，我什么都不要了！那份比萨也不要了！

客服：谢谢您的电话光临，下星期三是您太太的生日，您不想预订一份生日比萨吗？提前一周预订可以享受 8 折优惠。如果方便的话，您可以登陆本店的网站：http：// www. aiccrm. com，您可以……

电话的那头已经挂断了。

糖纸与宋词的半生缘

○梅如雪

那是个雨后黄昏，那时候什么都没有发生，太阳快快乐乐地落山。我的小主人认为我是这世界最绝色的糖纸，但人类的爱就这么莫名其妙，她把我关进了一本宋词里。黑暗，寂静，深不可测。忽然有个声音像从地心传来：别怕，有我。

从此宋词是唯一的伙伴，可我不喜欢他。我是青春貌美的糖纸，他只有一颗垂暮的心。宋词一共有138页，合拢时，就有69个怀抱，都是我的卧室。有的时候，他打开怀抱，让暖暖的阳光照着我。我散发着寂寞的体香，他用手攘住我的裙角，生怕风把我掠走。

一天夜里，虎斑猫蹿上床啃宋词的身体。黑暗中，宋词紧紧抱我，看着他忍辱的表情，看着他残缺的身体，我忽然极度厌倦。我说：我要离开你，去找我喜欢的人。他好像沉默了一个世纪那么久，终于松开无力的怀抱，让晨风将我带走。

风很坏，他带我俯冲撞向白墙，又差一点儿把我抛进凶猫的水碗。好不容易落地，早起上学的小主人，又重重踩过我的身体。我失去了大半的美丽，藏身床底，抱着床脚，一动不敢动，我害怕这人世的险恶。桃木书桌上的宋词望着床下的我，那曾是我灵魂的卧室。

很久以后，我被女主人发现，女主人又把我送回宋词的怀抱。我变得丑陋，失去色彩和天真，失去对繁华世界的野心。在他的怀里，我却一下子安心喜悦起来，因为他说过：别怕，有我。我不知道这是不是就叫幸福。

他用一个一个铅色的小骨结抚摩我的头发，用淡淡的书卷气熏染我已经失去香气的身体。他吟诵古老的句子，那些句子像烟花一样绽放。那些美的炫的让我心动的是什么？他说：是爱情。我不懂。

八月立秋，主人家大扫除，许多旧书被摔向门口，从此命运未卜。我浑身颤抖，躬起身，每个毛孔吸附着他的骨结。一只大手终于揪出宋词。随即，宋词和我一起被抛向空中。我更紧地用身体依偎他，他却在半空，慢慢打开手臂。我没有重量的身体在气流中迂回，竭尽全力回头，这是我今生今世最后一次回头看他。那一刻，他打开了所有的书页，飘扬地告别，像张开翅膀的大使。

我又被善良的女主人夹在一本漫画的扉页。漫画的身体是铜版纸，清爽冰凉。我却常常感到潮湿，因为我会哭了。没错，我是一枚花糖纸，曾经轻浮地活着。后来，我失却了美丽，但是，懂得了爱情。当灾难来的时候，他要我比他幸福，所以他放了手……

自由那么大　工蚁那么小

○田　甜

早晨，我和伙伴们在家门口分手，往不同的方向列队前进。因为只有五条腿，我排在最后。自从一条腿被另一窝蚂蚁咬断后，兄弟们都嫌我磨蹭，除了二十九。

如果能找到饭粒就好了。我对二十九说。它是母后产下的第二十九个卵，因编号而得名。二十九正爬在一块土疙瘩上张望，碰碰触角，磨磨牙齿，告诉我，可能性不大。那我们换个地方找吧，这里只有瓢虫的尸体和蚱蜢的小腿，母后已经吃烦了。我一摇一摆，行动起来很滑稽。好吧，我们去那边。二十九居然没有反对，我马上在土疙瘩上吐口水，做好标记。

二十九和我在蜿蜒的路上仔细搜寻，沙砾就是我们眼中的巨石，需要小心地左避右闪。突然，我绊了一下，朝只有两条腿的一边摔倒。二十九对冒出头来惊吓我的蚯蚓大骂起来，蚯蚓却不答理我们，一个劲儿地往外拱土排泄，一下就是一小堆。我皱了皱眉头，拉着二十九赶快离开。唉，它们怎么会像我们蚂蚁这样整洁有序地生活，真是低俗。

沿路没有我们期待的饭粒，连蜗牛壳都是空的，只看到半截飞蛾翅膀。我伏在一片草叶上喘气，失望地看着二十九。二十九爬到我身边，犹豫了半天才说，十七，你想过不再做工蚁吗？什么？我惊讶地把触角平成180度，这表明我根本没想过，我生下来就注定是工蚁：干最多的活儿，吃最差的饭，还只能活三年。二十九的眼睛里闪烁着不安分的光，望着远方的小红果子愤愤不平：我们凭什么要做一辈子工蚁，找食物是我们，应付战争是我们，抬着母后四处游历也是我们，我们自己有什么？"

二十九的话让我的生命暗淡，我开始伤心，为自己的命运，也为身宽体胖的母后。可是，母后给了我们生命，她让我们成为工蚁，我们就注定做不了雌蚁，也做不了雄蚁，连做老工蚁也得工作一年后才能参加资格考试。我无奈，所以我从不敢想，即便我的腿被其他蚂蚁扯断抬回去当食物，我也没有心思去悲苦。

我们可以不再做蚂蚁，做蝴蝶，做蜻蜓……只要我们喜欢。二十九急切地说明它的计划，离开母后，离开蚁巢，为自己而活。我想二十九是疯了，我们能像蝴蝶一样飞吗？我们能像蜻蜓那样点水吗？我不再理它，离开草叶去拖那半截飞蛾翅膀。

二十九追上来，气呼呼地说，不是和它们一模一样，而是像它们一样自由。它一面说也一面帮我拖翅膀。听说蜜蜂也是这样干活儿的。我低低地回了一句，然后气喘吁吁地把翅膀扛在肩上，奋力往回走。二十九只好跟在后面驮着翅膀的另一边。

走到半路，我们不得不停下来歇息，我们的信号没有唤来其他伙伴，因为我们找到的食物没有多大价值。二十九张开嘴又想说服我离家出走，我连忙扭过头去。可二十九却大喊起来，是黄巢蚂蚁！它们过来了，快躲起来！说完把我拖进草丛。我和二十九小心观察黄巢蚂蚁的一举一动，它们已经闻到了我们的气味，仔细地四处搜寻。我推推二十九，你快走吧，我来顶着。要走一起走，我们要一起回去。二十九拉着我不肯放。你不是要自由吗？你现在可以离开母后，自由自在地生活，没有蚂蚁会知道的。

二十九没有听我的话，冲了出去，踩在飞蛾翅膀上与五只黄巢蚂蚁厮打起来。我也赶了过去，加入混乱的战斗。很多条腿蹬来蹬去，我分不清哪一条是二十九的，哪一条是敌人的，只管又咬又啃。黄巢蚂蚁比我们强壮，数量也比我们多，它们龇牙咧嘴地扑过来。这时候一个巨大的鞋底压落下来，我眼前一片漆黑，什么也不知道了。

醒来的时候，发现自己身在千沟万壑之中，一切面目全非。我艰难地从土里拔出腿，推开压在我身上的黄巢蚂蚁尸体，一瘸一拐地寻找二十九，我的兄弟。二十九完全淹没在泥土里，一只腿露在外面微微抽动。我哭着把它拉出来，它的身体已经瘪瘪地蜷缩成一团。二十九，你醒醒，我们不再做工蚁了，我们可以像蝴蝶一样飞舞，像蜻蜓一样点水。二十九奄奄一息，微弱的声音嘤嘤在耳边：我终于结束了工蚁的命运，可以重新开始了。

我相信，二十九已经变成蝴蝶飞走了，它在透明温暖的阳光里忽高忽低地翩翩起舞，原来自由这样美丽。一队伙伴嗨哟嗨哟地抬着肥大的青虫往家里赶，它们得意地昂起头向我示威，提醒我应该为自己的劳动成果惭愧。没有一个伙伴向我查问二十九的情况，它生，是母后无数子女中的一个，它死，是自然法则无数殉道品中的一个，谁会有富余的感情去为它欢喜或悲伤？我知道，我和所有的伙伴都会命中注定地这样过完一生，除非……

我遥望着慢慢移动的食品大队，鼓劲的号子声越来越小，以往熟悉的一切都走远了。我迈开五条腿开始朝相反的方向爬去，沙砾、泥土、蚯蚓、草叶……一切依旧，走过来时相同的路，却去往迥异的未来。记住，不再是工蚁。我默念。也许有一天我会像蝴蝶一样飞过你的头顶。

出　走

○李　靖

　　幺幺出去十几天了，她是被一只男猫骗走的。她走的前一天夜里，那只男猫在我们窗下唱了一宿的"小夜曲"，声音男不男女不女的，难听死了。第二天一早，幺幺就不见了。估计她又被那只男猫带到电影拍摄基地去了，她一到基地就乐不思蜀。她以前也常常出去两三天，不过就在与我们家一墙之隔的安全厅花园招待所。招待所不对外开放，平常少有人住，院内花木扶疏曲径通幽，是个理想的休闲去处。招待所有吃有喝，幺幺吃饱喝足了，就在花园的花丛里舒展着四肢，安安静静地享受阳光。如此小住几日，也就回来了。现在倒好，如黄鹤一去，杳无踪迹。

　　我们只好又找到基地去。基地的环境比招待所还要好，那里地盘空旷，花红草绿，男男女女的一天到晚东边日出西边雨，有吃有喝不说，更有趣的是还可目睹许多电影明星。几年前，幺幺上过电视，当过一回明星，大概也由此生出些非分之想，位置开始摆不正了。幺幺第一次去基地时，我们去找了她几回，她大概觉得不好意思，晚上老老实实地回来了。可正像人所说，由俭入奢易，由奢入俭难。幺幺在基地那个花花世界生活惯了，开了眼界了，再也不是在招待所小住几日的问题了，回家住一两天，算是报个平安，就又跟她的男朋友跑了。

　　基地许多人都认识幺幺，我们去找幺幺时，他们问："是不是脖子上戴个红圈圈的花猫？"我们说："那红圈圈叫咪咪乐，除跳蚤的。"基地甲说："我们叫她摇摇，她睬都不睬。"基地乙说："不是摇摇，是幺幺。"基地丙说："我叫她幺幺，她回头看我一眼，摇摇尾巴，慢吞吞地走了。"幺幺摇尾巴是一种身体语言，她若心情好，就会"喵呜"一声答应你；若心情不好，懒得睬你，她就不冷不热地摇几下尾巴：知道了。传达室的师傅说："幺幺在这里筑窝了，成基地的猫了，就像女人上了舞厅一样，心野了。你们看这里多好，世外桃源呢！许多猫都在这里玩。"

难道我们平时亏待幺幺了吗？难道有哪一天饿着她了吗？幺幺真是老糊涂了，越老越糊涂，不会是老年痴呆症吧？她也不想想自己几岁了！15岁了，对猫来说，差不多也就是风烛残年了，她还以为自己正青春年少呢，有男猫为她唱"小夜曲"，骨头就轻了，就不知道自己几斤几两了。她要是偶感风寒，谁送她上医院呢？难道是那只男猫吗？

人说猫是贪恋富贵的，现在看来不假，幺幺的确从来不会去光顾那些穷街陋巷。到6月5日，就是幺幺15岁的生日，一位朋友许愿在幺幺生日那天要送幺幺两条大鱼的，可现在的幺幺已经不会在乎什么大鱼了，基地的生猛海鲜都吃不完呢。

然而我们依然有责任把幺幺找回来，而且幺幺敏感得很，明明是她自己不想回来，但是如果我们不去找她，她会认为是我们抛弃了她。"幺幺！回家了！"我们喊魂一样喊了半天，幺幺还是不露面。

忽听基地宾馆处有人叫："幺幺在这里！幺幺在这里！"我们飞奔而去，见幺幺坐在一丛冬青树下。"幺幺，回家了。"我们一遍遍地叫她，她居然睬都不睬，瞪圆双目朝我们看看，掉头"嗖"的一下遁迹于树丛之中。

真是人往高走水往低流。人尚且如此，你能对一只猫要求什么呢？幺幺既然不肯与我们同守清贫，那只好由她去了。不过，后来我想我这样评价幺幺是不公平的，她不是贪恋富贵，她只是和她的男朋友找了一个合适的恋爱场所，人不也是喜欢在花花草草的地方谈情说爱吗？她也不是忘恩负义，她只是被爱情冲昏了头脑，她以为只要有爱情，什么都无所谓了。

这样的爱情在我们人类，已经变得陌生与遥远。

那一年

○郭　昕

"七十四块三毛八。"

当生猪收购站那个鹰钩鼻子把那些大的小的软的硬的票子推到爹面前时，爹似乎被它们吓住了。半天才想起伸手，伸到半道又缩回去了，哈着腰小心翼翼地问鹰钩鼻子：

"七十四块——三毛八？"

"没错，老头儿。"鹰钩鼻子不耐烦了，随手把钱一划拉，说，"一边去，老头儿。"

钱出溜到了桌边，两张小票顺桌角滑下，在冬日的黄昏中飘飘洒洒。爹慌慌地伸手去抓，票子像是故意跟爹捣蛋样左扭右摆最终还是巧妙地落在了地上。不等爹弯腰，我麻利蹲下，捏起它们拍打拍打又捋得平平展展递到爹的手上。

我从没见过这么多钱。去年队里分红，爹和娘干了一年分了十六块四毛二。这七十四块三毛八比十六块四毛二多多少呀，我算不清，也顾不上算清，只知道欢喜地咧着大嘴看着爹。

爹好像不会笑。见着这么多的钱他也不笑。爹"呸呸"往拇指和食指上吐了些唾沫，把钱一张一张仔仔细细点了两遍，又在桌上磕了几下，最后大票在下，小票在中间，几个硬币规规整整码在最上边，一卷，掖到黑棉袄里面。

"回啦。二小。"

我站那里不动。

"家走呀。"爹催我。

"爹——你说猪卖了给我买挂炮……"

爹愣了愣，手抬起来。我仰脸盯住爹的手，爹的手把没扣住的黑棉袄扣子扣好就放下了。

"爹——"

"啥时候了，铺子都关门了，下回吧。"

我的心一下凉透了。要不是爹说过卖了猪给我买一挂炮，我才不跟他跑二十多里冤枉路呢！下回，下回在哪儿呀，从我记事起，这是我家卖的第一口猪。

"爹——"我喊着，泪蛋就要掉下来。

爹不看我，端起车把在前面走了。

再有两天就是腊月二十三了，我们这儿叫小年。街旁哪家灶屋里飘出一股好闻的猪肉白菜炖粉条的香味，诱得我使劲吸了两下鼻子。结果，连收购站厚厚的猪臊气都吸进去了。

我把裤子往上提了提，极不情愿地撵爹去了。

出了公社这条小街就是高高低低的黄土路了。远远的庄子上有一缕缕白烟升起，一两只回窝的鸟急急地打头顶飞过。我跟在爹后面，脚踢着土坷垃心里骂着爹。还是爹呢，说话不算数，谁跟你叫爹呀！我故意走得很慢，慢着慢着就看不到爹了，我干脆一屁股坐到路中间。等一会儿就听前面喊："二小——二小。"我不答理。又是几声："二小——二小。"我磨磨蹭蹭地站起。等又看到爹时，爹蹲在路边数钱。见我过来了，爹把钱掖到怀里，拍拍棉袄。

"坐上吧。"

我一扭身，给爹一个脊梁。

"坐上吧，二小。"爹架好车等着我上去。

我想起爹怀里揣着七十四块三毛八，爹答应过给我买炮说话不算话，心里就堵上一个大疙瘩。我想起爹晌午跟我一样吃了两碗红薯面，推着两百来斤的猪走了二十多里地，爹的个子好高好高，爹的背已经有点驼了，爹这会儿驼着背端着车把等我上车，心里的疙瘩就软了，化了。

"上去吧，推着走快点儿。"

天差不多黑透了，偶尔有一两声狗叫传来。车轮吱扭吱扭叫着，在黄土路上滚动，颠得我上下眼皮直打架。风呜呜地吹着，棉袄变得跟张薄纸一样。好冷啊，怎么还没到家。什么东西搭到身上，暖暖的。我闭着眼抓一把，噢，是爹的大棉袄。爹推了我一路，该卜来走走了，可浑身酸软，一动也不想动。好像是过桥了，那座长长的石拱桥。车头翘起来了，高高的，车屁股又撅起来了，高高的。迷糊当中，听到哪儿响了一声"当啷"。好了，过完桥，再有个一里多就到家了。想睁眼看看爹，却怎么也睁不开。

睡得好香啊，谁在那里说话，烦死人了。

"他爹，不对呀。"

"不能吧。路上点几回都够数。"

"唉，对不上呀，别是丢哪儿了吧。"

我打了个尿颤惊醒了，睁开眼，外屋亮着灯，爹和娘正在说什么。听一阵，想起爹的大棉袄，想起桥上那一声"当啷"，想说不敢说，不说又不甘心。

"爹——"我试探着小声叫。

"睡你的。"爹极不耐烦。

我壮壮胆子，声音再大一点儿。

"是不是丢桥上了，我好像……好像……"

"啥？"爹从外屋冲进来，娘端着油灯忙不迭跟在后面。

"你说啥?"爹的影子投在土墙上老大老大,晃晃悠悠的,看得我心里发毛。

"过桥时,我好像听见……"

不等我说出听见什么,爹抡圆了胳膊,照我左腮帮子上就是一巴掌。"啪"的一声,左半边脸顿时热辣辣的,耳朵嗡嗡地叫起来。

从记事起,这是爹第一次认真地打我。我不知道自己犯了什么错。我生怕爹再来第二下、第三下,忙抬起胳膊抱住了头。

爹只打了那一下。等我放下双手哆哆嗦嗦走到外屋时,爹和娘都不见了。我扑到院门口,只见夜色中晃动着一团红光,很快地远了,远了。

我躺在一动就吱吱叫的破板床上,睁大了眼看着黑糊糊的土墙。鸡叫过头遍了,鸡叫过两遍了,鸡开始叫三遍了。

门响了,我忽地跳下床往外跑。

娘进来了,手里拎着家里那盏小灯笼,一脸的疲惫和欣慰。后面是爹。爹的个子老高老高,进屋时都要弯一下腰。看到我,爹笑了一下,笑得很涩很涩:"找到了,二小。"长这么大,我第一次看见爹笑。

爹的右手攥得紧紧的,慢慢伸到我眼前,又慢慢地张开了手掌。

手掌上,静静地躺着一枚五分硬币。

那一年,我刚刚八岁。

拉弯的天空

○王　往

腊月二十八，我赶到了老家。

我一路笑着，和村人打招呼。一个回到老家的人，笑容是对母亲最好的慰藉。

一进门，我就问妻子，妈呢？妻子说，在小菜园里呢，是挖地去了吧。

我当即去了小菜园。孩子拉着我的手，吃着香蕉，一蹦一跳。

母亲是在挖地，在那只有几张桌子大的小菜园里。那是我们家唯一的土地了，自从到了城里，我就把地退了，这事一晃已过去了七八年。

到了小菜园，那土上有一层细雪。母亲的头发全白了，不是那种养尊处优的银发，是枯发，灰白，像枯草间萎缩的叶子。想不到，这些年，不种田了，母亲反而衰老得厉害。

我说，妈，我回来了。母亲停下来。母亲笑笑，回来啦。母亲的脸色是灰黄的、干涩的。以前，不是这样，母亲一顿能吃两碗米饭，脸色红润，如枫叶。我说，妈，不挖了，回去吧。母亲说，挖一下，把土翻过来，冻酥了，春天虫子就少了，到时种些豆角，种点青菜，就这点地啦。我接过铁锹说，妈，我来挖。母亲说，算了吧，回去，这点地留着，我明天挖。

母亲扶着锹柄，目光投向了村外那些大片的农田。母亲小声说，你听没听说，现在种田不用缴农业税了。

我说，听说了，报纸天天看呢。

母亲说，开始我不信，后来听人说了，我就去看电视，真有这事，我几夜都没睡好。

我知道母亲又要说种田的事了，就避开她的目光，没敢接话。我每年回家，她都要说我们家没地种了，退了地真可惜。我说，一来，你年纪大了，我们心疼你，不想让你再操心；二来，我们兄弟都工作了，人人给你钱，你想吃什么都买得到，还种什么地呢？母亲说，分田到户那年，我和你爸没日没夜地在田里忙，心想，这下有粮吃了，你们读书也不愁学费了，哪想到你们大了，一进城里就不种田了。不是种田，我和你爸哪能养活你们。我说，你还想我们在家种田啦？你盼我们长大成人，有出息，不就是想我们有个好工作好家庭吗？母亲当然没理由反驳我，只是老重复着一句话：唉，没田种了……

大年初一上午，无风，太阳又艳。我和村里几个小伙子坐在廊檐下闲聊。母亲和妻子在灶屋做饭。快吃午饭了，来了一个讨饭的老妇。老妇往门前一站，放下米袋，笑呵呵地说："小兄弟们帮帮忙。"我说，老奶奶，您的儿女呢？老妇说，一个儿子，脑子不好使，女儿出嫁了。我问，老头子呢？老妇又呵呵笑起来，老头子，早死啦。我说，对不起，奶奶，问你伤心事了。我对孩子说，拿一碗米给奶奶，用大碗。孩子跑去厨房了，出来时却抓了一把米。那小手能抓多少米。我对孩子说，叫你用碗，大碗。孩子把米放到老妇米袋，又跑向厨房，出来时，对我说，爸，妈说不让给了。我皱了皱眉：妻子一向是个大方人呀。我有些生气了。我掏出十块钱给了老妇。我说：奶奶，一点心意。老妇接过钱，不停地说，好人啦好人……

吃完了饭，没人的时候，我半开玩笑地对妻子说道：现在你掌权了，一点不顾我的权威了。妻子说道，我怎么啦？我说，那讨饭奶奶怪可怜的，我叫给一碗米……妻子说，你不知道，米缸里的米都是妈秋天拾回来的，当时我在炒菜，她在烧火，我怕她心疼啊。一缸米，要拾多少稻穗啊……

我说，哦。

我去了厨房，打开米缸，抓了一把米，那米有圆圆的珍珠米，有长长的鼠牙米，有青白相间的"一品香"，有尖尖的糯米……是的，是拾的稻穗碾出的米。我的手颤抖了，泪水一点点浮上来。

我看见秋天的田野，看见秋天的母亲。

她弯着腰，从一块田跨到另一块田。

她走到了自家的稻田。她弯下腰，又站起来。她的目光抚摸着每一株稻根。她怎么也不相信，她盼了大半辈子，等来了分田到户，等到了自己的田，她像服侍皇上一样服侍它，它却归了别人。一群麻雀，呼啦啦，像一排密集的子弹落到了田里，在田的另一头不停地啄食。她流下眼泪，她手中握着的不是自己亲手种植的稻谷。她弯下腰，哭出声来，她要土地回应她：这是你自己的土地。

她的腰把秋天的天空拉弯……

风 铃

○刘国芳

兵回家探亲时，小琪抱着孩子来看他。兵屋里一屋子人，很热闹，小琪进来，把一屋子的热闹熄灭了。

旋即，众人离去。

一屋子只剩下兵和小琪，还有那个抱在小琪手里的孩子。

相对无言。良久，小琪开口说话了："我对不起你。"

兵无言。小琪说："是我母亲逼我嫁给大狗的，他有钱，给了聘礼两万块。我不嫁，母亲跳了两次河。"

兵无言。小琪说："我是爱你的，一直爱你，我也知道你喜欢我，你还同意的话，我跟大狗离婚，跟你结婚。"

兵无言。小琪见兵不说话，出去了。俄顷，小琪走了回来，她手里除了抱着一个孩子外，还多了一只风铃。

小琪说："这风铃是你以前送我的，这两年我一直把它挂在门口。"

兵看见风铃，开口了："你现在来还我风铃，是吗？"

小琪摇头："我刚才说了，你还同意的话，我跟大狗离，跟你结婚。这事，你不要急于回答我，你考虑考虑，同意的话，把风铃挂在你门口，我看见了风铃，会来找你。"

小琪说着放下风铃走了。

屋里剩下一个兵。

兵待着，许久许久。后来兵拿起风铃，在手里晃动，于是有丁零丁零的声音在屋里响起。小琪住在隔壁，听得到风铃声，她跑出来，抬头往他门口看。

他门口没有挂风铃。小琪待在自家门口，潸然泪下。

兵回部队时，也没把风铃挂在门口，兵把风铃带走了。回连队后，兵把风铃挂在营房门口，是大西北，风大，风铃整天在门口丁零丁零地响。兵没事时，呆呆地看着，还说："小琪，我把风铃挂在门口了，你看到了吗？"

军营里挂一个风铃，起先让兵们觉得好玩，久了，兵们烦了，觉得丁零丁零的声音很吵人，于是让兵拿下。兵拿下来，把风铃放好。但没事时，兵会把风铃拿出来，兵找一个无人的地方，坐下来，然后把风铃放在胸前晃动，让风铃丁零丁零地响，还说："小琪，我把风铃挂在我的心口了，你看到了吗？"

小琪看不到，兵把风铃挂在心口也罢，门口也罢，小琪都看不到，小琪只看得到他的家门口，那儿，没有风铃。

两年后兵退伍了。这回，小琪没来看兵。兵问人家："小琪呢，怎么不见？"人家说小琪不怎么出来了，整天缩在家里。兵说出了什么事了，人家说小琪老公找了一个更年轻的女人，把小琪离了。

兵沉默起来。隔天，兵把风铃挂在门口。

小琪没来。兵便看着风铃发呆，在心里说："小琪，我把风铃挂在门口了，你看到了吗？"

有风吹来，风铃丁零丁零地响，兵听了，又在心里说："小琪，风铃在响，你听到了吗？"

小琪听到了，也看到了，但她一动不动抱着孩子坐在屋里，没出来。

隔天，兵找上门去。

兵去之前，把风铃取了下来，然后放在胸前，同时用手晃动着，于是在风铃丁零的响声中，兵走进了小琪屋里。

小琪见了兵，把头勾下，然后说："我现在被人遗弃了，你还来做什么？"兵说："来告诉你，我不但把风铃挂在门口了，还挂在心上了。"

说着，兵又把手中的风铃晃动起来。小琪的孩子，4岁了，听见风铃响，孩子把一只手伸出来，说："妈妈我要。"

最美的艳遇

〇裘山山

十年前，有个年轻姑娘只身一人去了西藏。她在西藏跑了近三个月，几乎看遍了所有的高原美景，但离开西藏时，却带着一丝遗憾，因为藏在她心底的一个愿望没能实现，那就是，与一个西藏军人相遇，然后相爱，再然后，嫁给他。

西藏归来，家人和朋友都劝她不要再固执了，要实现那样的理想，不是有点儿搞笑吗？再说年龄也不小了，赶紧找个对象结婚吧。可她就是不甘心，不甘心。于是三年后，2000 年的春天，她又一个人进藏了。

在拉萨车站，她遇见了一个年轻军官。年轻军官其貌不扬，黑黑瘦瘦的，是个中尉。他们上了同一趟车，坐在了同一排座位上。路上，她打开窗户想看风景，中尉不让她开，她赌气非要开。两个人就打起了拉锯战，几个回合之后，她妥协了，因为她开始头疼了，难受得不行。中尉说，看看，这就是你不听话的结果。这是西藏，不是你们老家，春天的风不能吹，你肯定是感冒了。她没力气还嘴了。中尉就拿药给她吃，拿水给她喝，还让她穿暖和了蒙上脑袋睡觉，一路上照顾着她。

他们就这么熟悉了。或者说，就这么遇上了。她 30 岁，他 27 岁。

到了县城，中尉还要继续往前走，走到边境，他们分手了。分手时，彼此感到了不舍，于是互留了姓名和电话，表示要继续联系。

可是，当她回到内地，想与他联系时，却怎么也联系不上。她无数次地给他打电话，却一次也没打通过。因为他留的是部队电话，首先接通军线总机就很不容易，再转接到他所在的部队，再转接到他所在的连队，实在是关山重重啊。在尝试过若干次后，她终于放弃了。

而他，一次也没给她打过电话。虽然为了等他的电话，她从此没再换过手机号，而且一天 24 小时开着。但她的手机从来没响起过来自高原的铃声。

一晃又是三年。这三年，也不断有人给她介绍对象，也不断有小伙子求爱，可她始终是单身一人。她还在等。她不甘心。

三年后的 4 月 1 日这天，她的手机突然响起，铃声清脆，来自高原。她终于接到了他的电话。他说，你还记得我吗？她说，怎么不记得？他说，我也忘不了你。她问，那为什么这么长时间才来电话？他说，我没法给你打电话。今天我们部队的光缆终于开通了，终于可以直拨长途电话了，我第一个电话就是打给你的。她不说话了。他问，这几年你想过我吗？她答，经常想。他问，那你喜欢我吗？她答，三年前就喜欢了。他问，那可以嫁给我吗？她笑了，半开玩笑地说，可以啊，你到这里来嘛。他沉吟了一会儿说，好的，你给我四天时间，4 月 5 日，我准时到。

她把他的话告诉了女友。女友说，你别忘了今天是愚人节！他肯定在逗你呢。他在西藏边防，多远啊，怎么可能因为你的一句话就跑到这里来？再说，你们三年没见了啊。她一想，也是。但隐约地，还是在期待。

4 月 5 日这天，铃声再次响起。他在电话里说，我在车站，你过来接我吧。她去了，见到了这个三年前在西藏偶遇的男人。她说，你真的来啦？我朋友说那天是愚人节，还担心你是开玩笑呢。他说，我们解放军不过愚人节。

她就把他带回了家。家人和朋友都大吃一惊，你真的要嫁给这个只见过一次的男人吗？你真的要嫁给这个在千里之外戍守边关的人吗？她说，他说话算话，我也要说话算话。

最后父亲发了话。父亲说，当兵的，我看可以。

他们就这样结婚了。

他30岁，她33岁。

几乎所有人都不看好他们的婚姻，不看好这路上撞到的婚姻。但他们生活得非常幸福。这种幸福一直延续到四年后的今天。

当然，比之三年前，故事有了新的内容：他们有了一个来之不易的女儿。婚后很长时间她都没有孩子。为了怀上孩子，她专门跑到西藏探亲，一住一年。可还是没有。部队领导也替他们着急，让她丈夫回内地来住，一边休假一边养身体。一待半年，还是没有。去医院检查，也没查出什么问题。虽然没影响彼此感情，但多少有些遗憾。后来，丈夫因为身体不好，从西藏调回了内地，就调到了她所在城市的军分区。也许是因为心情放松了，也许是因为离开了高原，她忽然就怀上了孩子。这一年，她已经35岁。

怀孕后她反应非常厉害，呕吐，浮肿，最后住进了医院，每天靠输液维持生命。医生告诉她，她的身体不宜生孩子，有生命危险，最好尽快流产。但她舍不得，她说她丈夫太想要个孩子了，她一定要为他生一个。丈夫也劝她拿掉，她还是不肯。一天天地熬，终于坚持到了孩子出生。幸运的是孩子非常健康，是个漂亮的女孩。但她却因此得了严重的产后综合征，住了大半年的医院。出院后也一直在家养病，无法上班，也出不了门，孩子都是姐姐帮她带的。直到最近才好一些。

现在，她就坐在我对面，浅浅地笑着，给我讲她这十年的经历，讲她的梦想，她的邂逅，她的他，还有，他们的孩子。

她忽然说，今天就是我女儿一周岁的生日呢，就是今天，9月17日。一想到这个我觉得很幸福。我现在最大的愿望，就是我们一家三口都健健康康的，守在一起过日子。

不知什么时候，我的眼里有了泪水。我不知说什么好，只能在心里默默地为他们祈福。他们有充足的理由幸福，因为他们有那么美好的相遇，那么长久的等待，那么坚定的结合。

我们都听过不少关于"艳遇"的故事，无非是只要过程不问结果的婚外恋、"一夜情"之类。可是，那些算什么艳遇呢？

可是，她和他，却不一样。

他们在世界最高处，最寒冷处，最寂寞处，有了一次温暖的美丽的刻骨铭心的相遇。这样的相遇，才是世上最美的艳遇。

复仇的牙齿

○许 行

他抱起肉乎乎、毛茸茸的小狼崽，这简直就是一团肉、一团温暖。多招人喜爱呀。

它也许刚生下来只有一两个月。但它眼睛闪亮，还叼着母狼的乳头。母狼为保护小狼崽刚被猎人打死不久，乳头上还有奶水能流进狼崽的嘴里，小狼崽仍紧抱着还有体温的母狼。

母狼未闭上眼睛，还在深情地瞅着小狼崽。它多么舍不得小狼崽，它怎能就这样离去啊！它死了小狼崽可怎么活？它一千个一万个不放心，可又一千个一万个无奈，它还是倒在猎人的棒子下了！它终于没能在自己死亡前把小狼崽叼走，现在死了仍瞅着崽子闭不上眼睛……

那暗绿色的目光，既温柔又残忍，它有母爱也凶残，它要保护它的生存和繁衍。

小狼崽望着没了奶水、体温渐凉的母狼，眼角上还挂着泪水，它望着母狼不住地嗷嗷嚎叫，这一动人的情景，老猎人尽管打了这么些年狼，可对此，也有点儿黯然神伤。

老猎人也很喜欢这个小狼崽，这是一条鲜活的生命。但抱起它来，它还抓着母狼不愿离开，直往母狼怀里扑。

老猎人十分爱怜地把小狼崽抱回去放在狗窝里，正好母狗刚生了一窝狗崽，和小狼崽差不多大小。开始它不太合群，后来在饥饿催逼和奶水的诱惑下它终于认了母狗这个奶娘……

小狼一点点长大，有了不同于狗崽的两颗大牙，很长很光。狗崽不能吃的硬东西，它都能吃，特别喜欢啃骨头，这也使它长得又壮又快。没有事它就经常啃猪槽子、马槽子，似乎不为寻吃的，而只为磨牙。老猎人看了不由多一个心思，他想狼的后代，跟狗就是不一样。

小狼崽一点一点长大了，它似乎总想往外跑，可是又不愿离开这个遮风避雨有吃有喝的狗窝。它似乎觉得自己还嫩点儿，生活也没有给它太大的本事。

小狼崽的牙齿比起狗崽的长得又尖利又坚硬。它常常把小猪崽叼起玩，吓得小猪崽看见它就跑开……

小狼崽长大了，常常往外跑。一天，它又跑了，老猎人出来到处找它也未找到。后来找到了山冈上，小狼正用爪子往下刨土呢，老猎人不由心中一震，这不是原来打死老狼的地方吗？可老猎人还是很爱护地拉住小狼说，跑这儿干啥？走，回家去。走！

小狼一声也不吭，一下子扑在老猎人身上，两只前爪搂住老猎人的双肩，一口咬住老猎人的咽喉，咬得死死的，两只大牙已深入气管，一点儿也不松动。鲜红的血顺着老猎人的胸脯流了下来，老猎人瞪大了眼睛看着小狼，露出万分痛悔的目光。但这一切都已经太迟了！太迟了！小狼磨快了的复仇牙齿，毫不留情地决定了这个生死的瞬间。

天没有一丝云，大地跟老猎人一起死去，只有小狼迈着痛快的脚步向大山林深处走去……

那里才是它的家呀！生活就是这般残酷而又自然。

师　魂

○申永霞

天上的星星还没有散，鲁老师就走出了村外。

他回头望望小水湾还在沉睡，像一位少女的安眠，安静而温柔。村里的几只大狗汪汪叫着为他送行，鲁老师继续向前走。

他的步伐没有往常那么快，也没有往常那么轻。他的肩上背了一个很结实的尼龙袋，此刻它们像增加了双倍的力量一样，压得他整个的人矮了下去驼了下去。鲁老师没有感觉到累。

因为他的心思已经像长了翅膀一样飞远了。

他仿佛看见了他的教室变了样，娃儿们背着书包来读书，再也不会像从前那么受罪。虽然也不能像城里的孩子们那样想啥有啥，但他们至少不用在冬天塞着稻草夏天塞着抹布的房子里读书。鲁老师无数次固执地认为：一个教室的门窗如果安上的不是明晃晃的玻璃，而是抹布与碎草，那是很没有教室的样子的。

况且，那些东西阻挡不住好奇的牲畜。在鲁老师上课的时候，会从抹布做的窗户飞来母鸡，猪、狗们也会进来嗅嗅学生们的腿脚，然后像个学生一样趴在地上瞪着好奇的眼睛望着鲁老师。学生们虽然习以为常，鲁老师却觉得忍无可忍。

更有一次，一头牛也跑来捣乱，大摇大摆地进来，怎么也劝不走。最后硬是校长过来背着扛着一样把牛给弄走了。学生们哗哗笑了半天。

鲁老师曾多次找过校长，校长也多次找过鲁老师。缺钱不是缺别的，缺钱是一件很没办法的事，在这山沟沟里。逼急了，校长就高声大嗓喊：怎么办呢老鲁，我都恨不得卖了自己的裤子给你买几块玻璃安上。鲁老师一听这话，扭头就走。他不是生气，他也是没办法。有谁爱买校长的裤子呢，他又不是明星。

还得自己想法子。

没想到法子真的想出来了。他们小水湾村的周围，山谷山顶长满了苜蓿。苜蓿每年开一种紫色的蝶形花，小水湾一年四季镶嵌在青山绿水与蝶形花里，如果不是因为穷，小水湾的村民们愿意当风景一样日日欣赏自己身边这天赐的美景。

苜蓿花开花败，果生果落，顺其自然，平日除了牛羊来吃，风吹雨打，没人再去注意它。有一天，鲁老师听广播，从收音机里得知苜蓿果是一种很珍贵的药材。能给女人美容给男人降压。鲁老师听到这里，不由得笑了。天天听广播，他也晓得如今这两件事都是山外面的大事。

他一连笑了几天，学生们从没见老师这么高兴过。

笑够了，学生们便看见他们的鲁老师像个疯子一样穿梭在满山满野的苜蓿丛中，下了课他背个空袋子上山，上课了他就像旋风一样扛着沉甸甸的袋子回来，满脸的神采。

有几次也被校长看见了。校长截住他，数落他：老鲁你是不是背金矿回来了，整天忙得跟蝴蝶一样不好生带学生……鲁老师只是眯眯地笑，深褐色的泥土陷在他深褐色的皮肤里，脸像煮熟了的红薯皮。

山里的苜蓿被鲁老师摸了一遍。

这天的黎明还没来到，星星还在眨眼，鲁老师就出发了。

好了，咱现在不说鲁老师走前的这些事了，咱们来说说鲁老师走后。

鲁老师走了，不见了，消失了，像被大风吹跑了一样。连个招呼也不打。鲁老师的家里乱了套，大人小孩哭成了一团，因为家里从来没发生过这么大的事。学校里也乱了套，这所小水湾学校除了校长，就只有一个鲁老师。学生们一下没有了老师，不知道是兴奋还是张皇，在院子里像羊群一样跑的跑，叫的叫。村里的鸡鸭也赶紧跑来凑这个热闹，一时可真热闹了去了。张校长急得一会儿跑去赶鸡鸭，一会儿挥着同一枝荆条在教室里喊：坐下，坐下。孩子们也喊：莫坐、莫坐，座儿上有鸡屎哩。教室里笑着叫着没完没了。

没有了鲁老师，一切全变了样。张校长成了最伤心的一个人，他不能眼睁睁地让孩子们丢下书本撒野——这是最让他痛苦的一件事。他有心教他们，但完全没有鲁老师的招法，孩子们全无心要学。因此，他只能天天在村里的大喇叭里一遍一遍地呼喊：老鲁，老鲁。像呼唤前线上一个失踪的战友一样深情而焦急。

五天后，他的老鲁终于回来了。唔，他真的成了一个名副其实的老鲁了。他更黑更瘦了，皮肤下面的青筋像蚯蚓弓起了腰一样，他的嘴唇干裂，像一块树皮一样。但从他的眼睛里，多出了一层亮的光，这层光使他整个的人显得那么有精神，像一块黑暗中的金子。他一直没舍得露出来的右手此刻终于从裤兜里掏了出来，手里的钱币被他的汗水粘在了他的手掌上，真像长在了他手掌上一样。

他还来不及多说话，张校长一拳砸在了他肩上，砸得他像个树桩一样晃了几下。

鲁老师回来了，教室的玻璃安上了。

此刻，鲁老师站在四周明光的教室里，内心涌出一种幸福与愧疚。将苜蓿变成钱，远远不像他想象中那么简单，他现在觉得最对不起的是张校长，他知道在那五天，再也没有比张校长看着满院乱飞的学生们而束手无策更为痛苦的事了。

故园的夏夜

○方英文

母亲总喜欢住在山里的老屋，因此我隔几个月总要回去看看她。准确地说，是"把自己拿回去让母亲看看"，因为母亲对儿子的思念，远远超过儿子对母亲的思念。

上个月的最后一个周末，我又把自己"拿"了回去，一是让母亲看看，再是借机睡几个好觉。城里嘈杂，欲念又多，根本不能睡好。而山里的老家，环山皆树，绿云合抱，小住即仙乡，一觉东方红。

可是，母亲总要喊我起来吃饭。饭碗放下没几分钟，又问"饿不"。当然不饿，拍着鼓腹继续睡。母亲就在道场上，站在水龙头边洗衣服，把我的好衣服全搓成了皱抹布——太用力，像洗我小时候的脏衣服。洗着，搓着，不时地向大路上的行人打招呼："吃了没有？""到屋喝水呀！"我想：母亲如此大声说话，大概是以此来炫耀她的儿子回来了。我就笑着说给母亲。她很生气："谁家没儿子？山里人少，你的耳朵长哪儿去了？谁不是这么大声说话！"我不敢吱声了。

夜深了，我与母亲还坐在道场上闲话。稻田里的青蛙呢，也时不时地插话进来，如想象中的古代的方言。虫子们唧唧唧的，却不知说些什么。隔几分钟，便有一粒萤，从庄稼地里飞出来，那轨迹，像移动着的、雷达屏幕上的光标。上弦月向西边的山头接近，便迎来了夏夜最凉爽的一刻。于是，头顶的星汉，便无比地澄澈灿烂了。那星星，足有核桃大，隐约有脆响，宛若来自印度新娘的头饰，缀满了珠宝，移动有声。还有，时不时飞过天河、划向织女的卫星，又是哪个国家的呢？

"天上的每一个星宿，都是世间的一个大人物。"母亲说。顺者为孝，我自然不会辩驳的。"也就是说，世上的大人物，在天上都有一个星位。"我终于忍不住了，就问道："妈，那你看看，你儿子在天上有没有星位？要有，是哪一颗？"

母亲站起来，仰了头，双手背在身后，在道场上踱着圆圈，很认真地察看星空，一颗一颗地排查，极其细心地分辨她的"儿子"。末了，极为遗憾地说："没你的星位。"随即自言自语道："你哪里够格呢！"我忍俊不禁，却假装挺难受地叹息一声。

第二天，县上来车接我。车走好远了，忽然从反光镜里看见母亲在拼命挥手追赶，就停了车。母亲撵上来，喘着气说："你昨晚，伤心得很吧？"我莫名其妙。"天上没你的星位，罢！做个小百姓，多安生呀！"

我说："妈呀，你真会说笑话。"

"这咋是笑话呢？"

见母亲如此严肃，我只好打了个包票："我记着你的话，做个小百姓。"

"这就是了，"母亲笑着说，"快上车，走吧。"

父亲的草鞋

○邵宝健

　　阿戈和阿香这对夫妻结婚时，都是绸厂的挡车工。时光如水呀，他俩都过了不惑之年，日子却犯起愁来。简单地说吧，厂子破产，两人被买断工龄，赋闲在家了。夫妻俩都是勤劳惯的人，先后做过不少行当，当送货员啦，干家政啦，摆水果摊啦，时间都不长，主要是性情不合适那类工作。儿子读初中了，费用不小，那几万元"买断"金，也用得差不多了。要想年老的时候有退休金好拿，也得按时去交"三金"。日子拮据，光叹气不行。阿戈免不了时常与妻子商量。

　　这天，夫妻俩难得心情好，就叫了儿子一起去市中心的河畔露天公园散步。人穷，也得自找乐趣不是。

　　时值仲春，风和日丽。河畔的桥堍下，有十多个擦鞋妹一溜设摊，顾客还真不少。阿戈望去，估摸被服务的几位富态人，昔日是泥腿子庄稼汉。"好了，现在富了，有人为他们擦皮鞋了，要叫人服侍了。"他就把这种感慨说与家人听。

　　阿香就呛他："谁叫你没能耐？你能耐大了，自然就会有人来服侍了。"

　　正说着，一位擦鞋女就招呼他擦鞋："先生，你的鞋不亮，擦一擦，亮一亮，只需一块钱。"

　　阿戈便自嘲道："费用是不贵，谢谢。我的皮鞋和我本人相配。我还想帮别人擦鞋哩。"

擦鞋女回了一句"小气"就去招揽生意了。妻儿就指指点点笑话阿戈。

有几位年轻人脱了鞋赤脚在卵石小径上来回走，其中一位靓女还把丝袜褪了，露出白嫩嫩的脚丫，在卵石路上来来往往，还不时把"脚板被卵石抚擦后的兴奋"用尖叫表达出来。

儿子问："妈，他们在搞什么游戏，这么高兴？"

阿香就问老公："阿戈，你来回答儿子的问题。"

阿戈正抽着一支低档烟，吐出一口白烟，说："他们是好日子不要过，瞎折腾！"

儿子摇摇头："O、O，老爸缺乏生活情趣。"

阿香说："他们应该是在健身吧，当代人可重视健康喽。"

儿子插话："是的，我听生理老师说，人的脚板上的神经可丰富了，经常按摩能起到舒筋活血的作用。现在的人太注意保护脚掌了，各种高档鞋也就大有市场，丝袜、保暖袜的品种也多得不得了。其实，脚的皮肤还是亲近土地来得科学。"

阿香说："对了，对了，现在的足浴房开得这么多，说是保健，实质是在赚人的脚丫钱。"

听到就里，阿戈右手握拳，击左手掌，喊道："有了，有了，咱们快回家吧。"

妻儿不知阿戈发什么神经，但都随他的意思，跟着他回家。

阿戈一路思考"脚"文章。回家后，他赤脚在屋里走来走去。"如果让城里人穿上草鞋散步，既时尚，又健身，光脚丫和稻草相摩擦，摩擦力很大呵。且草鞋的价格不需太高，谁都能消费得起。"想到这一层，他兴奋得蹦跳起来。妻儿听他那么一解释，都觉得这样思考下去很可能会诞生一个金点子。

凑巧的是，这天傍晚，阿戈的老父亲进城来看望他们。老父亲可是个打草鞋的高手。当年，阿戈读书的费用，全来自他打草鞋卖的钱。阿戈的金点子可真的出来了。

第二天，他回乡下一趟，把老家那台打草鞋的木架搬回来，还带来一大车新鲜的稻草。家后院很宽敞，再多的东西也囤得下。

老父亲就重操旧业，还把手艺教给儿媳妇。而阿戈则伏案草拟一篇文稿。内容是：披露赤脚穿草鞋的感受；描绘走路时的身姿摇曳，脱了鞋的轻松。还写道，那些女子的嫩脚丫，穿过草鞋后，脚底会红红的，那是一种健康的颜色，云云。文章的题目经与儿子商榷，定为：《穿草鞋散步——缅怀岁月，又有健身之神效》。阿戈不失时机地约在报社当副刊编辑的同学喝了一次夜酒，文章拿出来给他一阅。老同学半醉阅稿，大称奇妙。

那天，阿香拎了几十双草鞋在河畔设摊，支一块小牌，上面简要说明穿草鞋散步的快乐。阿戈还穿上草鞋佯作顾客，在小路上走来走去，神态自如愉悦，引起路人好奇。若有人问询，他便耐心介绍，手一指："你想试试？那里有得卖！两元钱一双，只要半包低档香烟。"

好事成双，阿戈的文章刊载在昨日的晚报副刊上，来河畔散步的人当中，有不少拜读过。于是，购者多，阿香带来的东西很快告罄。阿戈在前头踏着方步，不少青年男女效仿，单手拎着脱下的鞋袜，一边嬉笑着坦然迈步。

夫妻俩掘到第一桶金，随后去工商局注册，为父亲的草鞋取名：下岗牌草鞋。不久，他俩正式租店面，还聘用了几位下岗姐妹打草鞋。于是这个江南小城新增一家"下岗者草鞋行"。

这是两年前的事。现在这家草鞋行的生意依然红火，还有了数十个景点的订单。眼下吧，草鞋行总经理阿戈和财务总监阿香，正筹划着去外埠开连锁店。

搓　澡

○孙春平

　　二十年前，我在一家工厂当电焊工。往往任务单一下到班组，工时就要求得很紧，加上整天跟铁板角铁打交道，活计确实不轻松。所以每天一收工，一身汗水的工友们便忙着往厂里的澡塘奔。

　　身子在热水里泡过，筋骨就松软了，懒懒的不愿动。每到这时，韩铁良便不知从什么地方摸过来，说，来，我给你搓搓。我说，还是我自个儿来吧，你眼睛有病呢。铁良笑说，怕我搓不到地方是不？落下指甲大的死角，算咱技术不到家，返工重来。说着，他的手已有力地抓住了我的胳膊，不由你不让他搓了。若是再推谢，看在眼里的岳工长便会说，铁良既有这点心意，就让他搓搓吧，都是哥们儿，谁跟谁哩。

　　韩铁良搓澡的手法与时俱进，该重的地方重，该轻的地方轻，细致而周到。那年月，城里还没有高档洗浴中心，更别说专业搓澡工了。我和工友们享受到的这份待遇，已很有了超前的味道。

　　一边搓，自然就要一边聊。我说，你最近拜了搓澡的师傅吧？铁良说，有师傅你帮我找一个。这些天，我天天烧盆热水给我儿子搓澡，吓得小子一见我烧水就老远地跑，说我给他搓秃噜皮啦。听了这话，不知就里的可能会哈哈笑，可我却笑不出来。我低声说，铁良，你这是何苦？铁良好一阵才又说，这话到此拉倒，可不许再和别人说。又扭头对浴间的别人大声说，焊工班的都再泡泡，我挨个儿来，别的班组的要想搓，就多等一会儿吧。

韩铁良本是我们焊工班的骨干，身子骨结实，技术也没的说。可老天爷不知发了什么神经，突然之间就让他害上了眼疾，视力急剧下降。焊工靠的主要是眼睛，一个近乎失明的人还能做什么？

　　岳工长趁铁良不在的时候，招集班组里所有的工友开了一个会。他说，铁良的事，我就不多说了。我问过厂长，报个工伤行不？厂长说，报工伤就影响厂里的安全生产指标了。可铁良家的情况大家也知道，媳妇儿那个街办小厂半死不活的，儿子才五岁，要是铁良再休了病假，两口子的那点收入怕是连日子都不好往下过了。所以我的意见，咱们还是让铁良回家养病，但不往上报病假，他头顶上的这座山咱们大家给扛起来，计件工资和奖金就拿大家的平均数。这样一来，各位在收入上难免都要吃点亏，现在虽说不大讲阶级感情的话了，但兄弟姐妹的情义咱们却不能丢。我就这么个意见，大家都再琢磨琢磨。岳工长的话音刚落，立刻有人喊，那还商量个啥，就这么定了。岳工长说，大家都表个态。立刻，二十多条手臂齐刷刷都高高地举了起来，好像真能擎起韩铁良头上那座山似的。

　　但韩铁良的眼睛并没见好，一个月后，视网膜脱落，他彻底失明了。工友再见他时，是在厂里的澡塘，他已赤条条地脱好了，鼻梁上却架着一副电焊工的深色墨镜。他依着声音跟工友打招呼，大家以为他只是来洗澡，没料到他又主动要给大家搓澡。起初谁也没太注意，可第二天，第三天，他总是先一步来浴池，大家便都心知肚明了，也不好再拂了他一片执著而苦涩的好意。而在进浴室之前，他还先摸到车间外的自行车棚里，将班组里那几位女工的车子擦得干干净净。都说盲人有奇功异能，谁也猜不透铁良是用什么办法，将那几位姐妹的车子准确无误地一一找到的。

　　这般情景持续了足有将近两年的时光。工友们都接受过铁良的搓澡或擦车，为这事，大家反倒觉得有些惭愧和内疚。铁良命不济，他却这么自尊而刚强，他的自尊与刚强似乎更让我们感受到一种责无旁贷的责任。

　　突然有一天，听岳工长说铁良退职了，手续都办利索了。大家惊讶，下班后便齐齐去了他家，七嘴八舌地责怪他不应该，又玩笑地问他，你不想给我们搓澡啦？铁良郑重地说，想，想啊，我会想一辈子。只是外市最近成立了一个保健按摩所，我去报名了，可人家一听说我是在职职工，就不同意了，因为那家按摩所是残联专为没有工作的盲人建的。各位弟兄对我的情义，我心里记着呢，记一辈子，等我啥时回家，一定还去厂里，各位就把身上的皴都给我攒着吧。说得大家都笑起来，虽然笑得都很苦楚。

不久，我也调到市里一家文化单位工作，偶尔遇到昔日工友聊起来，知道铁良果然常回厂里看望大家。后来便听说铁良将城里的房子卖了，携妻带子一块搬到他所去的那个城市。看来铁良的处境果真一天天好起来了，刚强人总有刚强人的厮拼与补偿，老天有眼，瞎家雀终是饿不死的。

前些日子，我去铁良所在的那座城市出差，晚上没事，见宾馆下面有洗浴中心，就奔了进去。给我搓澡的是个二十多岁的小伙子，那身材那眉眼都像年轻时的韩铁良。我伏在搓澡床上问他姓啥，小伙子果然答姓韩。我又问韩铁良是你什么人，小伙子便惊讶了，说你认识我爸？我翻身而起，说我姓孙，跟你爸爸在一个班组干过好几年。小伙子高兴地说，是孙叔啊！我爸常把你们在一起时的照片拿给我看，挨个儿说哪位叔叔姓啥叫啥，哪位姑姑是啥性格。孙叔你可见老了，我都不敢认了。我感慨地说，岁月不饶人，你爸爸还好吧？小伙子神色黯然下来，说我爸……已经没一年多了。我大惊，铁良跟我年龄相仿，虽说眼睛没了，身子骨却结实，怎么说没就没了？小伙子又说，其实我爸也没得什么了不得的大病，就是肺炎，发烧，可他说住院太贵，死活不肯去，硬在家挺着，就把一条命挺丢了。临死前，我爸拉住我的手说，以后常回爸的厂里看看，爸欠你那些叔叔姑姑们的太多了。我回去过几次，可厂子的大门早关了，让我再去哪里找你们啊。我问，那你怎么也干上了这个呀？小伙子说，我中专毕业后，分到一家印刷厂，可厂子去年也放了长假，一家人的日子还得过，我又没别的专长，就来这里了……

两人一时再没别的话，我坐在那里发呆，眼前满是韩铁良和工友们在一起的影子，心里酸酸的。小伙子说，叔，你躺好，我的手艺得我爸的亲传呢。我怔了怔，抓过小伙子手上的搓澡巾，直奔莲蓬头下，一任热雨和泪水一并长流……

帮他寻找两支枪

○ 毕淑敏

他是我的战友，职务，将军。记得当年我从西藏阿里军分区转业回北京的时候，有一些书籍没法包装，求助于当教导员的他。他用羊角锤把军用罐头废弃箱子上狰狞的锈钉，一根根扭曲着拔出来。用拆下的木板，做成一只敦实的小箱子。他说，毕医生，装上你的医书回家去吧，就算整个火车皮翻了个儿，你的这箱子书也不会散了架。

果然，跋涉万水千山，我把书平安地带回北京。虽然现在我已不当医生了，但这些曾在高原陪伴过我不眠之夜的册页，暗夜中依然刺透书橱，散发着雪莲般的清冽之气，让我在万丈红尘中惊醒。

几十年过去了，我们在西北重逢。见面那一瞬，他大不满，盯着我上下打量，说，你……你！你怎么能变成这个样子？

我不解，说，咋啦？我一直是这个样子啊！

他愤慨地摇摇头说，当年英姿勃勃的女军医哪里去了？简直成了大腹便便的老大娘！

我大笑，说，原来是为了这个啊！岁月不饶人，你也不看看自己成了什么模样！你以为你好到哪里啊！

他抻抻军装，正正军帽，很认真地说，我们是可以变老的，但你们不可以。你们在我们心目中，永远年轻。

他所说的"我们"，是指上个世纪60到80年代，西藏阿里军分区的男军人们。所说的"你们"，是在阿里服役的第一批女兵。那时，我是这个女兵班的班长。

我说，不公平啊。岁月一视同仁地让我们老去，当年我给你家的孩子们看过病，他们现在都已长大成人。要不是我施救及时，也许就……总之，有人今天就不能这样安逸地当爷爷和外公啦！

他说，是啊，阿里军人的友情，别处的人很难理解，我们的血，曾经在同一个山峦冻成冰坨。就算后来暖化了，里面也遗留着六角形的红雪花。

战友们都来了，欢愉地忆旧。却总有挥洒不去的哀伤，黏附在川流不息的述说中，为我们掩埋在冰峰下的青春，为我们曾遭受过的非人苦难。

临分手的时候，将军说，你现在专职写字，不做医生了？

我说，是啊。当医生是万分要紧的事情，一心不可二用。地扫不干净，可以重来。病看错了，就没法还他一命。这天大的要害，我担承不起，只有暂时不做。

将军说，你说暂时不做，就是说以后还有可能从医？

我说，万事皆有可能。我医术尚好，总怀念白大衣下素净的安宁和慈悲。哪一天写得倦了厌了，重操旧业也说不定。

将军知道我是当真的，突然有些焦灼起来，说，那趁着你还写书的时候，我有一事相求。

我诧异：将军有什么求我一介无权无势的平民，且还是老大娘！

还没容我把疑虑说出口，将军问，你写的文章，可有很多人看？

我说，有一些吧，不敢说很多。不过，书虽无脚却能漂泊很远。它能到达的地方，恐怕我一辈子也走不到。

将军听答，似乎松了一口气，连说这就好。我想请你帮我打听个事儿。

我说，什么事啊？将军说，问枪。

我说，这是一支什么样的枪——值得你如此牵念？

将军说，不是一支枪，是两支枪。你记得我当年在阿里，持两支冲锋枪。从1970年到1975年，在喜马拉雅山、冈底斯山、喀喇昆仑山交界的藏北高原，双枪时刻不离我身边。它们跟着我参加过无数征战、巡逻守防。跟着我风餐露宿，共度数不清的黎明和黄昏。如今，我老了，春节相聚的时候，家人围绕身边。数数人头，谁也不少，可我的心总有一角儿在那儿漏风。我思念这两支枪，如思念两位兄弟。我知道，军人离开了部队，就不该再寻找他的枪，可是，我实在难忍牵挂之情。请你把这双枪写进文章，让知道它们下落的人，好歹捎个口信给我。告诉我它们依然明光锃亮纤尘不染，告诉我它们依然能击发出焦脆的声响，告诉我它们依然能让子弹划出金色的抛物线……不然的话，我会永世不宁，直至……死不瞑目。

我默默无言。半晌，掏出一支笔说，将军，把你的枪号写下来。期待着你和你的枪，能在人间重逢。

两支冲锋枪号是：P3063882 和 P3063764。

青　涩

○刘建超

1

虹虹爱看小人书。虹虹看小人书入迷的模样好俊。

虹虹不太答理我们男生，除非他有小人书。我攒着零花钱，买了一本《小李飞刀》，故意在虹虹面前显摆。虹虹来借我的小人书了。

我要求虹虹就在学校的小河边看。虹虹听话地点点头。

夕阳映红了清凌凌的河水，波光粼粼，好看得跟虹虹的酒窝一样。同学们放学都要走过这条小河，看到我和虹虹在一起，男同学羡慕得直咂舌头。

天暗了，看不清了。虹虹要带走小人书。我不答应，只同意第二天放学还让她在河边看。

晚上，阿飞把我的小人书借走了。第二天放学，我叫虹虹，虹虹说她已经看过了。是阿飞头天晚上拿我的小人书去巴结了虹虹。

我揍了阿飞。

阿飞不理我了，虹虹也不理我了。

我发誓：要是再省钱去买小人书，我就是小狗。

2

男生滑冰，女生在旁边看。女生中有我妹妹和虹虹。我们当时滑的是冰板。冰板制作很简单，锯两块与脚大小相等的木板，每块木板镶上两根铁丝，再系上绳子，绑在鞋子上就行了。

男生滑得显摆，女生看得眼馋。

我妹妹要滑，被我给哄走了——我正在给女生加深印象呢。虹虹抬了抬下巴说，让我滑滑。我立即就把冰板从脚上解下来，殷勤地帮虹虹系上。虹虹小心翼翼地走了几步说，不行，冰板太大了。

回到家里，我量了妹妹的脚丫子，就找来木板用钢锯条截木板。妹妹很兴奋，中午吃饭时一个劲儿往我碗里夹菜。

我在冰上滑着，另一副冰板背在我身后。妹妹急得直嚷嚷。我在等虹虹。

虹虹来了，手里提着一双带着雪亮冰刀的真正的滑冰鞋。大家呼啦都围了过去。

我把身后背的冰板扔给了妹妹，回家。

晚饭时，妈妈表扬我：知道带妹妹了。我烦死了。

3

学校参加部队的文艺会演。安排我和丫丫演李玉和跟李铁梅。安排阿飞和虹虹演杨子荣和小常宝。我不愿意，我不演李玉和，我要演杨子荣，我想和虹虹演，让我演坐山雕都行。

我找老师提要求，老师不同意。我就开始捣乱，排练故意忘词，唱跑调，还挖苦丫丫。丫丫气哭了，找老师告状。老师很生气，后果很严重——把我给拿下来了。老师果然让阿飞去演李玉和，去和丫丫对唱了。我就等着演杨子荣。

丫丫病了，发烧。老师让虹虹去接替丫丫演李铁梅。丫丫病好了，和我一起演杨子荣和小常宝。老师说，这回你满意了吧？好好排练吧。

我气得去找丫丫吵架。丫丫莫名其妙，问我怎么了。

怎么了？你瞎病啥呀？

4

虹虹咱巴结不上，拉倒。丫丫可是像我巴结虹虹那样巴结我。举个例子，下雨，她把妈妈送来的伞给我用。再举个例子，丫丫悄悄地往我的课桌斗里放苹果。

学校宣传队到农村演节目，来去都是坐着拖拉机。演出结束，天晚风凉。我带着军大衣。丫丫说，哥哥咱俩盖大衣吧，冷。

我把大衣摊开了。

丫丫说，阿飞你也过来吧，人多暖和。三人盖着一个大衣在拖拉机的拖斗里颠簸。不一会儿，都睡着了。

大衣颠簸掉了，我竟然看见，阿飞和丫丫俩人手拉着手。

我不知道怎么了，眼泪就委屈地流下来。

我把大衣紧紧裹在自己身上——我冻死你们俩！

母亲的军帽

○袁炳发

男孩和女孩恋爱了。

女孩是一个很漂亮的女孩。

男孩长得也端正俊秀，尤其当男孩走在正午的阳光里时，那高高大大的身影常叫女孩一脸的痴迷。

男孩经常带女孩去看电影。久了，女孩的父亲知道了，便极力阻止女孩和那男孩谈恋爱。

女孩的父亲是镇上的宣传干部，他对女儿说："和谁谈恋爱都行，就不准你和那小子谈！那小子是什么玩意儿你知道吗？他经常打架斗殴，是个地痞无赖、流氓成性的小混混儿。垮掉的一代就是指他这种人！"

男孩经常打架斗殴女孩知道，至于父亲说的什么"流氓成性的小混混儿"女孩有些不相信。因为男孩在女孩面前从来都是很规矩的，甚至连她的手都没碰过一下。

显然，女孩不想听父亲的话，她依然偷偷和男孩保持往来。

立秋那天是女孩的生日。生日前夕，女孩对男孩说："我快过生日了，我想让你送我一件生日礼物。"

男孩问："你想要什么？"

女孩说："我想要一顶我最喜欢的绿色军帽。"

男孩听后，眉头微皱，想了想说："今年的生日怕是来不及了，明年的生日我一定送你一顶军帽！"

女孩笑容满面，说："拉钩！"

男孩的手指就和女孩的手指钩在一起。

回到家，男孩就对父亲说："爸爸，今年我想当兵！"

男孩的父亲听后，说："也好，去部队改造一下，免得在家打架被抓进去。"

镇上落下第一场雪后，男孩参军了。

临行的前一晚，男孩约了女孩。

男孩对女孩说："你知道我为什么去当兵吗？"

女孩摇摇头。

男孩说："为了明年你的生日，我能送你一顶军帽。"

女孩感动得扑进男孩的怀里，说："你真好！"

男孩捧起女孩的脸，在泛着白色月光的雪地上，第一次吻了女孩。

男孩当兵走了，留给女孩的是无尽的思念。

男孩当兵走后转过年的春天，老山前线的战斗打响了。

男孩所在的那支部队，经过强化集训后，在一天凌晨开赴前线。

男孩忘不了奔赴前线前的那场誓师大会。誓师大会快要结束时，一位白发苍苍的将军走到台上，带领众官兵一起高唱：再见吧妈妈/军号已吹响/钢枪已擦亮/行装已备好/部队要出发……

誓师大会结束后，男孩将一顶军帽连同通讯地址交到团部，并强调说："如果我牺牲了，请一定将这顶军帽按照我留下的地址寄出去。"

几天几夜之后，男孩和战友们抵达了边境线上。

一次又一次的战斗激烈地进行，枪炮声震耳欲聋，子弹嗖嗖地从每一个战士身边飞过。

在一次往阵地运水途中，一枚炮弹在离男孩不远处落地。就在弹片要四处迸射的那一刻，男孩突然被人扑倒。当男孩从硝烟弥漫中抬起头时，他发现自己的身体上面有四名战友，将他严严实实地压在身下。

男孩的心灵受到了强烈的震撼，他抱着战友哭了……

一营在弄压山枪战几天，伤亡不小，弹药的消耗量也很大，上级命令男孩这个排火速给一营运送弹药。在排长带领下，全排迅速扛着弹药箱，向弄压山挺进。男孩紧随在班长的后面，就在接近弄压山半山腰的时候，一颗炮弹怪叫着落下，男孩来不及多想，一个大跨步就把班长压在自己的身下。一块弹片射进了男孩的头颅，19 岁的男孩牺牲了，鲜艳的山茶花把男孩青春的面庞映照得特别红。

战事结束后，班长特意赶到男孩的故乡，看望了男孩的父母，并把男孩生前戴过的一顶军帽交给了女孩。

我叙述这个故事的时候，已经是 20 多年以后。当年的那个女孩，现在成为我的母亲。

母亲一直把那顶军帽珍藏在箱子里，不许任何人碰它。

母亲说，那是她一个人的军帽。

颠　簸

○刘心武

G君来电话，说刚从美国飞回来。近二十年来他满世界飞来飞去，美国也不知去过多少回了。为何非来电话，仿佛报告一桩大事？又说想马上来我家，送我一样东西。我跟他说，老相识了，何必客套？况且从美国买回来的礼品，多半是 MADE IN CHINA，很难令人惊喜。但他非要来，说见面细谈，于是就跟他约了时间。

G君算得是我的"发小"。我们同龄，在一条胡同里长大，读过同样的书，唱过同样的歌，喊过同样的口号，见识过同样的大场面，也有着近似的小悲欢。其实我们已经很多年只是春节前互相恭贺新禧，然后一年里相忘于江湖。我已经完全退休，他还当着一个并非虚设的顾问，这次又跑美国一趟，望七之人了，还坐地行仙，实在佩服。

迎来G君，煮茗款待。他并没马上亮出给我的东西，我也懒得问那究竟是什么。且听他细说此次行程中的故事。

简而言之，G君搭乘美国西北航空公司的航班，从洛杉矶经东京回国，飞经太平洋上空时，遭遇了强烈紊乱的气流，飞机颠簸得非常厉害。他不知坐过多少次飞机，也曾遇到过种种不如意的状况，颠簸本是不稀奇的事，但这回的颠簸，一是严重程度超常，一是持续时间竟长达一个多小时！

G君坐在沙发上娓娓而谈。事已过去，有惊无险。他面部光润，发丝井然，衣履光鲜。显然，他知道我搞写作，最感兴趣的是细节，就把那飞机持续大颠簸期间的种种细节讲给我听。行李架嘎嘎作响，仿佛随时会解体。绝大多数旅客还算镇静，但个别旅客忍不住地惊叫以及拼命压抑仍不免传出的绝望啜泣，使大体静默的机舱里的气氛更趋恐怖。空姐、空哥时时出动，来照料呕吐和痉挛的旅客，他注意到一位空姐的眼睛里也终于藏不住噩运压顶引出的凄惶。他旁边的旅客不住地翕动嘴唇祈祷。他自己呢，则双手紧握座椅扶手，一阵阵地紧闭上眼睛……

当然，我理解，那是一次生死交界线上的飞行。想必每个乘客都想到了那无法回避的字眼。我希望G君跟我讲讲他那一小时里的心路历程。他想到了夫人子女家事家产自不待言，但令他现在还感到惊异的是，在那些似碎片似旋涡并且时明时暗的思绪里，却始终贯穿着一个比较完整的意识。即使在飞机又猛地跌落、机舱里传来尖叫，意识猛地中断，一旦恢复了思绪，那前面的完整线索，就仿佛有游丝牵系，又生动地往下演绎……

他让我猜，当然猜不出。他说，他就总觉得，是跟我一起，在往北京王府井大街北侧的那条东西向的大街上走。那条街叫东华门外大街，相对而言，至今变化不算大，那条街上，当年有个集邮公司门市部，里面陈列着许多邮票样品，也出售各种邮票。他说又似梦境又极真实。似梦境，是浮现在他眼前的，分明是五十年前的街景和集邮公司内景，而跟年逾花甲的他并肩前往的，却分明是少年时代的我……

这让我听来确实怪异。不过回想起来，我们少年时代一起去集邮公司倒腾心爱的邮票，回到胡同里，我们互相去家里拜访，交换欣赏各自的集邮簿以及为交换邮票而生出的兴奋与懊悔……那是怎样的天真时光！

他说，在飞机大颠簸中，他就想起，我们曾一起购得了一套当年匈牙利出的三角形体育邮票，一套是六张，而我那一套，因为不小心，失落了一张，心疼得流泪。也曾提出拿几套别的邮票换来他有的那张，他却不断提升条件，苛刻得我几乎把下唇咬破，终于还是没有成交……

他说，飞机大颠簸中，他立下誓言，只要活着，他就一定要把那张我当年缺失的邮票给我。往事已逾半个世纪。匈牙利邮票早变了颜色。我早已不再集邮。可是，我望着那在生死门边颠簸出来的老邮票，忽然胸膛里有热涛澎湃……

阿宠的春天

○陈力娇

阿宠出生不到半年，就被送到煤井下，从此过上了暗淡无光的日子。

阿别很心疼阿宠，每天喂它草料时，都忘不了给它多掺些包谷。阿别说，阿宠啊，虽说你叫阿宠，可是没人真正宠你呀。你知道你到井下意味着啥吗？就是你到死都得待在这八百米深处啊。

阿宠像能听懂阿别的话，抬头看了看阿宠，不吃了，把头别到了食槽的这一方，眼里含着泪。那根拴在它脖颈的绳子，被它拉得直直的，像个棍儿，支在它和食槽之间，再也绕不回来了。

阿别就明白，阿宠是上火了。

上火的阿宠，任阿别再喂它什么都不会吃了。

阿别知道了阿宠的脾气，从此不和阿宠说这样败兴的话了。他换了一种语气，像哄孩子一样对阿宠说，阿宠啊，你多幸福啊，有我陪着你，哪里找这样的好事呀。我要能再活十年，到时我们一起走啊，走了，就不再回来了。

阿宠听了这话，果真不再耍脾气了，把它毛茸茸的头贴在阿别怀里，不住地拱，还伸出舌头，去舔阿别苍老的胸脯。

阿宠是一匹雪青马，白色重，青色少，像柔软的青白绸缎，均匀地披在它的身上。由于这一身好辨认的皮毛，它注定在井下一生劳作。

但是这一天，阿宠瞎了。

122

终日不见阳光，阿宠的眼睛就什么也看不到了。阿别劝阿宠道，你别当回事啊。有眼没眼对你一样，你只负责拉车，我为你看路，我不会把你往坏道上领啊。

阿宠唯有这一次没听阿别的，它躁动起来，嘶鸣起来。阿别的话音刚落，阿宠一个跳跃挣脱了缰绳，沿着它熟悉的巷道，一路狂奔。

阿宠毛了！阿宠不听话了！阿宠为自己的眼瞎痛苦了！

矿工们放下手里的活儿，嘻嘻哈哈去追，他们追了一个巷道又一个巷道，阿宠却仿佛和他们赛跑一样，在昏黄的灯光下灵便地时隐时现。

后面的人继续追着。几十号矿工，都是身强体壮、有井下工作经验的，可是任谁也追不上阿宠。倒是五分钟后，阿宠自己停了下来。

阿宠刚停下，矿工们就傻了眼，在他们刚才干活儿的地方，传来轰隆一声闷响，像海浪拍打礁石，直滚到他们脚下。

——塌方了！

矿工们怔住了，愣愣地盯着战栗不已的阿宠，心哆嗦了。忽然有人大喊，阿宠啊，你如亲爹娘啊，家里还有老小呢，不然这会儿我们就成煤下鬼了！

这话是阿别喊出的，阿别老泪纵横。他的话，让巷道里顿时叹息四起。

连阿宠在内，五十条生命保住了。但是连阿宠在内，五十条生命也濒临死亡。没有粮食了，没有水了，阿宠也没草料了，更没有包谷了。可是细心的阿别发现，巷道里有空气，因为他们并没感到窒息，却不知风从哪里来。

阿别吩咐矿工们找风源，有了风源就可能找到出口。

五个人开始行动了。阿别没让所有人一起行动，他想让大家保存体力——他们在井下还不知要待多少天呢。

有人往外打手机，但是信号不好。阿别就让所有人都把手机关了以节省电源，只留一部精良的随时与外面联络。

子夜时分，终于和外面联系上了。外面说，他们正在积极想办法，确定方位。让他们坚持住。

大家在巷道里坐了下来。阿宠也趴下了，阿别像守护神一样守护着它。大家心里七上八下。找风源的人一出去就迷路了，到了晚上才摸回来。他们告诉阿别，这是一个老巷道，一时摸不清它通向哪里。如果当时阿宠把他们引向别处，一定会比这儿好找到出口。

阿别一听不高兴了，把头扭过去，不理说话的人，却把阿宠搂得更紧了。

夜晚来临，人们相继睡去。可是睡下不久，就都激灵醒来，醒来就再也睡不着了。一晃，两天过去，救援没有进展，希望像撕破的纸屑，一点点飘落。许多人饿晕了，支撑不住了，已经有人把目光一次次集聚在阿宠身上。阿别明白大家怎样想的，但那是他拼老命也不会让他们做的。

人们理解阿别的心思，没人率先行动，这让阿别很是欣慰。可是到了第五天，人们实在熬不下去了，眼冒金花，奄奄一息。阿别与阿宠商量，他说，阿宠啊，眼睁睁看着这么多人死吗？阿宠没有回应——它也饿得虚脱了几次，没有力气回答主人的话了。

翌日清晨，饥饿如恶魔又一次降临。矿工们只剩下活命的欲望了。有一个人忍无可忍，手握尖刀爬到阿宠身旁，他面目狰狞，满眼贪光。可是他很快发现，不用他再费劲了。

在一个煤坑边，阿宠的一条腿搭在坑沿上，嘴巴上有黏黏的未干的血痕。是阿宠自己咬断了大动脉，血像个小喷泉，汩汩地流淌，热气正温温地袅袅地向上盘旋。

那边，阿别的泪，把耳朵都灌满了。

秋风起

○宗利华

窗外，有棵梧桐树。树上一枚叶子已经枯黄。昨日午后，经风一吹，叶柄突然从中间折断。当时，他顿生感叹，秋风萧瑟啊！早上一睁眼，他就先起身去看那片残叶，却见它已经垂落下来，与枝条的连接仅余一丝。他紧盯着它，忽然有了同病相怜的感觉。叶片一摇一晃，忽然断开。他甚至清晰地听到那"啪"的一声哀鸣。他从窗棂忽地探出手去，试图迎接它的坠落。可是，那叶子沿着离手指不远的线路，滑下去了。

他张了张嘴，沉默。

宣判一结束，他就再也没有话了。

实际上，也无人可说。

他给过好处的，此时，一个个唯恐避之不及。女人们呢，本来就如过眼烟云，自然早作了鸟兽散。他这一倒，真就应了那句话，纸里包不得火！钱，自然一笔一笔对起账来。还有来历不明的。几百万哪！女人，也一个个闪亮登场。他可没料到，这次灾难的序幕，就是由女人拉开的。因此，老婆孩子不来，他也不能责怪。

白茫茫一片真干净！

他坐在那里发呆，暗想自己这辈子，真算得上一桌满汉全席，丰盛无比。讨饭，十年攻读，官场厮杀，扶摇直上，香车美女，最后，身陷囹圄。

"七号，有人来看你。"

他照例对号码没反应，等醒悟过来，一下抬起头，张大了嘴巴。谁会来看我？老婆？要是她，还真算一日夫妻百日恩呢！儿子？那小子在国外，只知道打电话要钱。想也别想。情人中的一个？还惦记着一段露水感情？能有谁呢？患难见知己，莫非要印证一下？

这一路，真是翻江倒海呢！但依然猜不透。

会客室的门打开，他站在门口，一下呆住！

是白发苍苍的母亲！

空气在那一瞬间凝固。他甚至想转身逃走！

有多久没见到母亲了？她怎么来的？

她一直住在乡下啊！

母亲看到儿子，站起身，又伸手摁住桌子支撑身体，目光却一刻也没离开儿子。

他在母亲对面坐下，不知从何说起。眼里，已经满是泪水。

母亲跌跌撞撞靠近，嘴唇翕动着。突然，伸手给了他一巴掌！他的腮上，像是被树枝划过。长这么大，第一次挨母亲的打。母亲打完，枯枝般的手顿在半空，又慢慢垂下，轻轻抚摸一下打过的地方。

母亲一句话也不说，慢慢转身，捡起墙角的拐棍，向外晃去。他呆愣着：母亲千里迢迢来，就为这一巴掌？就在母亲即将踏出门口的时候，他突然喊出那个字："娘——"

母亲站住。

母亲慢慢回身，看到跪在地上的儿子。

她走回来，坐下，歇息一会儿，开口说话："儿啊！我是黄土埋到脖子的人啦！说不出个大道理。外面的事儿，你懂。这些年，我在家就盼着一件事儿——你啥时候能回家看看娘，咱拉拉家长里短。没想到，盼着盼着，盼到这里来了。"

是啊，整天地忙，都忙些什么呢？

"还记得那年，咱要饭那事儿吧？我抱着你妹妹，你在后头跟着。"

他点点头。母子二人，一起沉默。

好半天，他悄声问："娘，我托人捎回去的东西，你收到了吧？"

母亲笑了："娘这次把那笔钱捎来，全都上交了。那钱咱可不能花！"

说完，母亲站起来，擦擦眼角，转身，蹒跚着向外走去。

妈妈的钱

○王　艳

人生的意义这几个字，在妈妈听来，实在太隆重和煞有介事。对于妈妈，它的实际意义就是在午后做一阵针线，到街上买一把小葱，晚上这顿饭炒一个白菜豆腐，烧一锅热热的稀饭。

年轻时，忙着田里的庄稼，家里的娃娃，好像腾不出闲情来思忖这个宏大的史诗般的问题。年老了，又深深卑微地认为：出门时，走靠最边的道儿；买菜时，露出最谦恭的笑；看病时，用上最便宜的药。那个悬而未决的问题，连想都无从想起。

但是，妈妈，我和您似乎不一样，我在这个闷热的深夜，一遍遍叩问：人生的意义是什么？是什么？

是钱吗？显然，妈妈，您总是落落大方地谈起它，不要说修房造屋，就是一家人的起居，您就和那几张小票子永远地纠缠不清。一枚小而薄的一分钱，也要被您牢牢地收在我们不知道的一个地方。

钱的意义，就是生活的全部意义，那时的天空和月亮是没有被工业污染的湛蓝和清亮，那时的人，有着没有被商业浸染的厚道，那时的钱纯净而神圣。

妈妈崇拜每一分钱，就像热爱每一天。您握在手心里的那个有着红色小碎花的方手绢，它乖顺地铺在您粗糙的掌中，五元、一元，或五角、两角，差不多不见十元，但总会有浅黄色的一分和豆绿色的二分，它们规整地卷在一起，挨着手绢一角，缓慢卷起，然后，谨慎地掖在身上。妈，我喜欢看您这时的神情，安泰、静气，好像一家人的日子稳稳地拴在了您的腰间，好像中午的捞面条、过年的新衣裳、生日的煮鸡蛋、上学的花书包和冬天的大棉袄都踏踏实实地有了着落。

这些花花绿绿的小可爱，大多是在异乡谋生的父亲邮寄回来的。去那个有着绿色邮筒的地方取钱，要走半天的路，每一次，您的脚步一定会雀跃起快乐。但，每一次您也会郁闷地垂下眉眼，因为您记得清家中的这个顶梁柱，离开家的时候，春天的布谷鸟正咕咕地歌唱，而眼下秋天的第一阵凉风已漫在耳边，还需要多久呢？他才能扛着那个深色的大包回家？您的心空荡荡的，当您用一张钱换回一柄锄头、一条围巾抑或孩子们的一阵欢呼时，用它们为生病的小猪买回一包药，为过节的午饭增添一个菜时，您的心总有满当当的慰藉，也有一阵阵的疼痛。它们来自父亲常年野外的劳作，来自常年分离的苦苦相思，它们来得那么不容易，好像和您的血肉密不可分。

小手绢总像饿肚子的娃娃，但我们兄妹却深觉生活多姿得犹如村口那棵枝繁叶茂的大杨树，快乐无忧的笑声四处飘散。它让我们梦想天边一定有一个绚丽的世界，使我们从那个有着浅棕色土墙的乡村学校，捧回了一张张黄灿灿的奖状，它甚至让我们无边无际地遐想一块红烧肉的浓香、用上一支钢笔的荣耀和头戴一个蝴蝶结的漂亮。

后来，掏出的小手绢已褪掉美丽的红颜色，却依旧那么熨帖地卧在您的手心。每一次被谨慎地摊开，它都像紧闭着双唇，一语不发，它是栖居在妈妈心上的一块暖一块疼，看来它应该包裹着世上最华贵钱包也难以比拟的沉甸甸的生存秘籍。

它就是我们家里最重要的一个成员，是我们获取长大和幸福的一个凭证。

后来，妈妈老了，穿上深红色的婆婆衫和舒服的布艺鞋，用上了黑色的牛皮小钱包，钱包很小，是孩子买大包的赠品，包里的钱，大多都是孩子孝敬妈妈的。妈妈很珍惜地用一根结实的红线绳系在了腰间，二十元、十元、一元，整齐地折叠，不论是买几个馒头，还是一斤苹果，您就嗤地拉开拉链，垂下眼帘，若有所思地挑选里边的票子，恭敬又迟疑地递上去，没有像富人一样，轻慢一元一角。妈妈，生命有什么意义，您或许回答不出，但在这个时刻，我敢说，这就是您难以确定的那个生命的意义；如此谦卑和忠实地用那零零星星的钱，为全家人换来一种叫做日子的好东西。

曾经，您为了那件枣红色毛衣，在人头攒动的商场犹豫再三，不舍得花掉小包里的钱；老家那个准备翻盖的老屋，许多次激情振奋地筹划，由于花钱多，又许多次眼神黯淡地搁浅，可是，那次在省城很有名的一家医院收费窗口，您默默地掏空了小钱包，握着一把大小不一的票子，不由分说地要为我付药方上的钱。我推辞着，我的手触碰到了那些带着体温的钱，妈，那一刻，我真想心疼地拥抱您越来越瘦弱的肩头。为省一点电、一元车票、一枚鸡蛋，为省一张面巾纸、一个塑料袋您常常煞费心机，不舍得，您一辈子都不舍得这日子，怕这些平淡无奇的好日子一下子过到尽头。

那个黑钱包越来越柔软，拿在手里，就像温柔地握着这个繁华似锦的花花世界。

妈妈，您去世后，我们在老屋您的枕头底下，找到了一叠厚厚的钱，都是粉红色的一百元，它们整齐美丽温暖地拥挤在一起，好像一沓数也数不清的、您对日子的期盼与热爱。妈妈，您一定觉得厚厚的钱在，厚厚的日子就安在，一块豆腐、一个电话、一季春色、一回月圆，抑或一座舒适的房子就会如约而至，但是，妈，您的钱它还在，只是您的日子、那琐碎得如缤纷花瓣一样的日子，永不再来！

小忧伤

○赵 瑜

一

我先喜欢上班里的一个女孩的，我暂时管她叫苏小小。

我给她画了一只可爱的小猪。尽管我画得不太像，但是我把我的彩色蜡笔都用上了。

她看着我画的小猪哈哈笑，我以为她喜欢呢，就高兴地在一旁给她比画我昨天晚上看的电视剧，我说，陈真是这样和别人打的，这样这样子。

但她并没有继续笑，她把我的画随手扔到地上去了。

等到放学，我才知道，班里的另一个男生书包里藏着一大包饼干，苏小小一放学就和他一起回家了。

我拾起我画的那张小猪，很难过。

我并不气馁。

我把妈妈给我买铅笔的钱省了下来，买了一袋饼干。

我把那袋饼干，偷偷地放在苏小小的课桌里。

那天，苏小小没有来上课。

她转学走了。

我放学的时候，一个人吃完了那袋饼干。

二

被我们气哭的女孩子叫今英，个子很高，长得也漂亮。

我们跟在她身后喊她的名字。她不让我们喊，我们就喊她妹妹的名字。

她还不让我们喊，我们想了想，只好喊和她坐在一起的男生的名字。

我们并没有发觉她和那个男生有什么亲密的举止，只是无聊地喊两句。

谁知道，今英却一下子坐在地上哭了，哭得相当伤心。

我和赵四儿吓得跑远了。

三

我喜欢上班里的一个女孩子，就和她一起玩丢沙包。

她把沙包丢给我，我往兜里一装就跑了。

第二天仍是这样，只要她丢沙包给我，我就往兜里一装就跑。

结果，她并不追着我要，却不再和我玩了。

有一天，我看着她和其他男孩子在一起玩得很开心，突然觉得伤心，把兜里装的沙包都扔到了墙角。

四

坐在我前排的女孩叫苹果，她的头发很长。

我喜欢一边听课一边看她的头发。

有一次，我看到她的头发上绑了一根红绳子和我家的酒瓶上的一样，就把我家酒瓶上的红绳子偷偷拿出来，悄悄地送给了她，她一下子脸红了。

第二天，她就换成了一个浅蓝色的束发绳子。我在我家的酒瓶子上到处找，也没有找到这种颜色的绳子。

我问她，她不理我，气呼呼地走开了。

我很纳闷儿。

输在日喀则

○天空的天

时令还是秋季,西藏已经下过一场雪。我穿着长款大衣,走在日喀则的街头,脚步有些拘谨。

这是我走过的海拔最高的街。我行走在街上的时候,街上的行人会停下来,对我行注目礼。我无数次地想象过走在这条街上的感觉,孤单、寒冷、陌生,或者因为缺氧而呼吸困难,唯独没有想过我会受到注目礼。我知道这是因为你——他们心里对你的敬意惠及到我身上。我好后悔,没有早点来,和你一起走在这条街上。而今,这样的礼遇,让我惭愧。

你们派出所的所长说,这是你每天都会走的街,你对街上的每户居民都了如指掌。这也是你最后走过的街,街上留下了你最后的脚印、鲜血,还有生命。

天色阴沉,北风呼啸。所长走在我身边,一直和我讲关于你的事。他说到你牺牲的情景时,我忍不住掩面而泣。而我在心痛的同时,想不明白一个问题:你为什么那么傻呢,身上流着血还要追赶那个逃跑的窃贼?如果你不是拼尽最后一口气去追那个窃贼,你也许就不会失去生命。你忘了你答应过我的事了吗?你说你这次一定要调回到我身边,每天陪着我,到白发,到终老。有多少次,我把工作都帮你联系好了,你却一次又一次地推迟归期。我不明白,这里有什么让你那么恋恋不舍呢?

北风越发吹得紧了,有雪花夹杂在风里,飘落下来。又下雪了,好冷。

我紧了紧大衣，继续在街上走。我在这条街上来来回回地走，已经走了九趟。我踩着你曾走过的街面，呼吸着你曾呼吸过的空气，想象着你走在这条街上的样子。我期待着我的某一个转身，能与你不期而遇，你对着我笑，那笑容像一朵绽开的雪莲花。我最喜欢你这样的笑。

可是我转了120个身，也没有遇见你，却遇见了一位老奶奶。她左手晃动着一个风车，右手捻着一串佛珠。她很慈祥地看着我。我想起来了，从我的双脚踏在这条街上开始，她的目光就一直注视着我，跟随着我。在我的身体终于受不了寒冷，倒下的那一刻，是她扶起了我，把我扶进了她的家。

她盖厚厚的毯子给我，生暖暖的炉火给我，煮热热的奶茶给我。她待我如她的亲人。她为什么对我这么好呢？我并不认识她啊！我想你一定认识她，她也认识你，因为我在她的家里看见了你的照片。你那张微笑的照片摆在她家最显眼的位置。你在照片里笑容那么灿烂，我的心却莫名的痛。

她做了许多好吃的给我，我却一样也吃不下去。我发烧了，呕吐、头痛不止。她不知道怎么办才好，找来了所长。

所长说我是典型的高原反应加重感冒，把我送到了医院。我恨我这不争气的身体，刚来一天就倒下了。你在这里一待就是五年。每次我问你，高原苦吗？你都说不苦。你看，你又说谎了吧。

在医院输了两天液，我的情况有所好转，不烧了，也不呕吐了，只是感冒还没有好。我饿了想吃东西时，就有一碗热气腾腾的鸡蛋面捧到我面前。所长说，不是他做的，是老奶奶做的。她，就是左手转风车、右手捻佛珠的那位老奶奶。

所长后来跟我说，她是你曾经帮助过的人。你在这条街上工作了五年，就帮她担了五年的水。她是个懂得感恩的人，把对你的感激之情，都用到了我身上。她每天都煮面条给我吃，每碗面里都藏着一只荷包蛋。我跟她说过不放鸡蛋的，因为我不爱吃鸡蛋，但她仍然每次都放。我忽然想起，你是爱吃鸡蛋的，她一定是把我当成了你。

不止是她一个人，街上的所有居民都如她一样，他们每天都来医院看我，做他们认为我爱吃的东西给我，买他们认为我喜欢吃的水果给我。每天每天，我的心里都涌起一波又一波的感动。我忽然明白了，你为什么一次又一次推迟离开这里的时间，为什么对这里恋恋不舍。

冰雪融化的时候，我又一次来到了这里。

所长拿着我的人事档案，问我：决定了？不后悔？

我说，决定了。不后悔。

所长又说，落下来，你可就走不了了。

我说，来了，就没想走。

还记得我们打过的那个赌吗？我说，谁的力量大，谁就把另一个拉到他（她）身边。

我现在承认，在这场耗时过久的赌局中，我输了，输得心甘情愿。

簕杜鹃下

○王海椿

　　小区路边的簕杜鹃长得很茂盛，浓荫蔽日，差不多一年四季都开着紫红色的花朵。冯姨就在这片绿荫里摆了个缝衣服摊子。在广州这样的城市，几乎没有做针线活儿的家庭了。钉个纽扣换个拉链截去裤脚的裁缝店少了，这类的小活计就都拿到缝衣摊子上做。

　　冯姨是翁源人，老伴儿去世早，儿子和女儿都在广州工作，女儿结婚后，就把她接过来住。除了简单的家务活儿，没什么事可做。这里的邻居又不兴串门，连个讲话的人都没有。冯姨闲不住，想来想去，觉得还是找点事做踏实。于是就在小区外面的簕杜鹃下摆了个缝衣摊子，一天也能挣个十元二十元的。重要的是，她不觉得闷得慌了。

　　自从簕杜鹃下有了这个缝衣摊后，小区里退休了的黄教授下楼就变得勤了。

　　黄教授的老婆早过世了，一双儿女在国外，都支持他再找个伴儿。有人给他介绍了两个，可他没看中。说起来都是有文化有气质的，可黄教授总觉得缺了点什么，不是自己想找的人。缺什么呢？他想了几回，想明白了——知冷知热的踏实感和温馨感。

　　冯姨每次给他修补衣服，都那么仔细，一点看不出补过的样子。缝好了以后还左看右看，比对待自己的衣服还细心。他发现这个冯姨虽没什么文化，但端庄秀气，说话也温和，他听着很顺耳，甚至感觉很贴心。当他听说冯姨也是一个人过时，在心底舒了口气，把自己的住处透露给了她。

黄教授把所有的旧衣服都找出来，却是一件一件地隔三差五地拿到簕杜鹃树下。冯姨奇怪的是并不见他穿那些补过的衣服。

那一次，他把一条裤子拿来换拉链，自己散步去了。冯姨整理裤子时，衣袋滑出一沓钱，数数有500元，已被洗得皱了。取衣服时冯姨把钱给了他，并提醒他小心一点儿。黄教授连说谢谢，并自言自语，唉，人老了，没人照顾真不行啊。

刚好有了个表示感谢的机会。第二天，黄教授煲了半天老火鸡汤，在屋内转了几圈，才鼓足勇气端下楼。冯姨先是感到意外，接着是不好意思，一番推让后，最终还是接过了碗。

下次再来，冯姨说，你真是个好人，我知道你是为了照顾我生意，以后那些不穿的旧衣服就不用拿来补了，真需要的，我不收钱给你缝。冯姨又说，不过，人还是穿新衣服精神。黄教授脸上讪讪的，心里却美极了。

这天，黄教授又给冯姨端来了一碗排骨面，正要走，雨就下起来了，他只好和冯姨站在簕杜鹃下。冯姨问，退休了清闲吧？黄教授说，清闲，清闲得连时光都没法打发呀。冯姨说，你们有文化，还可以看书，我一闲着就快疯了。他说，看一天的书，也代替不了和一个人说话呀。冯姨朝四周看了看，人们都进屋躲雨了，只有他们俩在簕杜鹃下，冯姨脸都红了。黄教授却巴不得雨再下会儿。

有好几天，没见黄教授下楼，冯姨又不好意思问人。最终，还是忍不住问了。别人告诉她，前几天黄教授下楼梯时，崴伤了脚。她听了心里有点急：他一个人，多不方便呀。可自己和他非亲非故的，找什么理由去看他呢？

最终，她还是下了很大的决心，上楼去了。黄教授一瘸一拐地来开了门，一看是冯姨，眼睛都亮了。冯姨说，听说你脚崴了，我上来看看。然后就帮他打扫房间，又把他换下的衣服给洗了。

第二天，冯姨又来了。黄教授问，你不出摊子了？冯姨说，你脚伤了，我出摊子放心不下。

从此，簕杜鹃下，有两个老人，一个捧着古典书籍，看得入迷；一个脚蹬缝纫机，嗒嗒嗒嗒。倒也是一幅和谐的画面。

红苹果

○ 周 波

奶奶每天早上要吃一个苹果。

爸妈说，奶奶这辈子吃了很多苦，现在该是享福的时候了。我似懂非懂地点点头。

可我奇怪的是，奶奶只吃苹果，她对其他水果不感兴趣，还特别喜欢吃红苹果。

苹果对奶奶来说，似乎很神秘。她每天会在相同的时间里踅回房间，先是在佛像前供上些时间，然后，蹑手蹑脚地用布包起来，放到枕头边上。有一次，我问奶奶：苹果怎么放在枕头边？奶奶说：好东西呢！看着苹果在，奶奶就能安心睡着了。

奶奶每天起得早，太阳还没出来，她就提着椅子坐在院子里了。那会，院子里也有早锻炼的人进出了。大伙出门前，就会和奶奶逗笑：隔壁奶奶，让我们看看您的苹果。这时，奶奶一天中最灿烂的笑容就露出来了，她慢慢地从怀里展开裹苹果的布包，像欣赏风景一样，让大家瞧她手中的苹果。

我喜欢看奶奶吃苹果的样子，奶奶吃苹果的样子很好看。我吃苹果一口接一口咬，奶奶吃苹果则如同南方戏曲般柔和。她手里的苹果从不削皮，而是用牙齿轻轻打开一个口子，然后闭着眼拿舌舔上几分钟。奶奶说，苹果的营养都在皮上，扔了可惜。奶奶吃苹果的速度很慢，一个上午她就在椅子上吃。我早上喜欢睡懒觉，不过，我从不担心看不到奶奶吃苹果的样子。

我一直不知道奶奶为何这么喜欢吃苹果。我无数次问奶奶，她却守口如瓶。奶奶说，等我长大了，让我多买苹果给她吃就行了。

终于，我买了一大箱的苹果回家。我扛着苹果进院子的时候，奶奶依然在院子里幸福地吃着那只苹果。

奶奶惊奇地问：买这么多苹果干吗？要坏掉的。

我笑着说：我工作了，这是第一个月的薪水买的。以后，我每天要给奶奶买苹果吃。奶奶也开心：这要花很多的钱吧？以后买差一点的，奶奶只想每天吃一个苹果。我看见奶奶折转身去抹了一下眼角。

我会买给奶奶吃的。我边说边从箱子里挑了一个最好的苹果给奶奶。奶奶捧着苹果，不停地摸来摸去，像摸着我小时候红通通的小脸蛋。

奶奶吃苹果从不挑剔，而且，她经常吃有斑点质量不好的苹果。爸妈一个劲地劝说奶奶要吃新鲜苹果，还说，烂苹果会影响健康的。奶奶说烂苹果好吃，更甜。我才不信奶奶的话，苹果可不是香蕉，越烂越好吃。我后来想出一个办法，把好苹果挑上桌子，先用刀去扎一个小洞，然后骗奶奶说苹果是刚被我修理过的。奶奶不知奥妙，就捧着走了。

有一回，单位忙，我忘了买苹果回家。奶奶一声不吭地和我们吃着饭。开始，我没察觉，直到晚饭后，才突然想起苹果的事。我对奶奶说：对不起，奶奶，我忘了买苹果。奶奶一下子舒展开笑容，说：街上黑灯瞎火的，出去小心。

小镇上的巷子多，水果摊却是出奇地少。天晚了，很多摊位都已打烊。好在终于找到一家，于是，我急匆匆地买了一大袋苹果跑回家。这回，奶奶该开心了，可以让奶奶吃上好几天。一路上，我笑着对自己说。可是，等我拎回家，电灯下一瞧，顿时傻眼了。买回来的苹果好几个都被虫子蛀了，像麻子似的难看。我起身想去退，奶奶拦住我说：没事，只要是苹果就行。

奶奶的样子很像要吃尽天下烂了的虫蛀的苹果。

奶奶走的那天，很安详。那天早上，奶奶头一回没走进院子里，也没有早锻炼的邻居再叫她一声隔壁奶奶。我的奶奶，没有像欣赏风景一样，再让大家瞧她手中的苹果。爸妈通知我时，我哭着撞进奶奶的房间。我看见，奶奶的枕头边放着一只苹果，奶奶的手一直捧着那只苹果。

我对所有的人说：一定要让奶奶带走这只苹果，还要多带点给奶奶。我奶奶喜欢吃苹果。那天晚上，爸爸要我一起给奶奶守灵，爸爸说起奶奶生他前做的一个梦。梦里奶奶去果园摘了一篮红苹果，回到家，发现许多苹果有虫眼或者烂了。奶奶去果园，要求换。果园那个人说：买回去了不能换，你自己看着办吧。奶奶回到家就剔除了苹果的虫眼和烂了的地方，还一个一个吃，吃得肚子像气球一样膨胀起来，最后，篮子里只剩下一个苹果，红得可爱，一个最好最红的苹果。第二天，太阳出来，奶奶生出了我爸爸。

夜已深，我看着灯光里的爸爸，脸圆得像个苹果。奶奶躺在堂屋里，脸上保持着安详的微笑，仿佛正在做一个美好的梦。奶奶的头前，摆着一个红苹果。

儿 鸽

○ 纪富强

老朱病了，床上一躺就是半个多月，起因是为一只鸽子。

老朱是两年前从公安局装备科退休的。赋闲后，一次去市里办事，路过广场看到有人正在放鸽子，更有年轻人给他发传单、递名片。原来，这是市里的信鸽协会在举办活动。

老朱起初没在意，可坐在返程的公共汽车上无聊时，再次掏出了那些宣传材料。看着看着，忽然乐了。儿子正上大学，老伴儿天天练舞，自己又不爱琴棋书画，自打退休后，一直闲得胸闷，何不养几只信鸽玩呢？

说干就干，老朱专程去市里买了幼鸽，加入了信鸽协会。回到家就开始整日与鸽子们为伴儿。老伴儿见了半是喜悦半是挖苦，说真是武大郎玩夜猫子——什么人玩什么鸟，这把年纪了才想起养鸽子？哪跟学人家养养鹦鹉画眉的多好？老朱蹲在地上头都没抬，说你扭你的胯子，我养我的鸽子，再胡说小心我放了你的"鸽子"。

老伴儿听了摇头直笑，打电话给儿子。儿子破例严肃批评老朱，爸，养鸽子太不卫生了，你把家里弄得乌烟瘴气，我可没脸领女朋友回去，而且要小心禽流感，老年人免疫力下降你就不怕？

老朱心里说，老子现在还不老！可话到嘴边，没说。只好与儿子约法三章，既要搞好卫生，又要做好防疫。

老朱是个外粗内细的人，当警察时几百号人的服装器材管得头头是道，养起鸽子自也不在话下。很快，老朱的幼鸽翅羽丰满了。老朱先是骑摩托车带它们到野地里放飞，然后掐着时间赶回家给报到的鸽子们排序。后来老朱还带着自己的优秀选手去市里参加比赛，虽然从没拿过好名次，但每次放飞时，老朱都感到前所未有的放松。老朱常常想，自己年轻时忙这忙那压力很大，老了没想到竟在鸽子身上发现了乐趣。鸽子轻盈地飞过蓝天，也带走了他的烦恼和忧愁。

一年后，老朱已算个信鸽行家了。有次回老家串门，听说村人上坡时，见半空一只鸽子与老鹰厮斗，其情景遮天蔽日。最终鸽子被啄瞎了眼睛但逃脱了，村民在树林里捉到它时才发现那是一只信鸽。

老朱立即起身去那户人家。结果发现，眼前的鸽子站姿水平，体态健硕，用手指抵在鸽腹下几乎感觉不到心跳，虽眼睛瞎了，但用食指按住鸽头能明显感到它的瞳孔在有节奏地颤抖。一切的特征都在显示，这是一只长距离鸽。信鸽标签上还写有大串英文字母，老朱统统不认识，只知道那个符号"♀"表示它是只雌鸽。老朱满心欢喜好说歹说地买了下来。

后来老朱上网一查，发现信鸽竟大有来历，是一只有着百年历史的"英格兰北部信鸽协会"的鸽子。品种优良，血统高贵，名叫"Anna"。老朱从此精心喂养，目的只有一个：让伤愈的 Anna 做种鸽，彻底给老朱的鸽群更新换代。

老朱对 Anna 照顾周到，Anna 也没让老朱失望。不过仨月，Anna 就为老朱添了两群新鸽。老朱的付出很快就赢得了一展身手的机会。在接下来全市举办的一次远程 500 公里信鸽放飞大赛上，老朱精心挑选的鸽手"微星"以 458 分钟的成绩排名第一！微星返巢时，眼皮上结了厚厚的伤痂，老朱想到它又饿又累，冲破突降的寒流和大风取得了胜利，激动地捧住它亲了又亲！

Anna 死后不久，微星成为了老朱的精神支撑。然而，意外发生了。就在最近一次设有高额奖金的放飞大赛上，微星突然莫名失踪！直到比赛结束，依然音讯全无。老朱心疼得直抖。其实，气候突变、受伤疾病、天敌啄食、同类吸引，常会导致信鸽丢失。可老朱还是难以接受，很快就病倒了。

老伴儿拿老朱没办法，除了天天陪着打点滴，还给儿子去了电话。儿子忙毕业，正想向父母汇报规划。原来，儿子和女友受女友家里支持准备去国外留学。老伴儿一听慌了，老朱为一只鸽子病倒，现在儿子又要出国？于是，要儿子立即回家从长计议。

儿子回到家里，老朱已经和老伴儿整了满满一桌菜。儿子见老朱气色不好，一问才知道是因为一只鸽子。正吃着饭，儿子突然放下碗说，爸，我决定不走了。在哪都是学，都能出息人！哪料老朱也将碗一推说，去吧儿子！出国这事我压根就不会阻拦，只是你们不能瞒着我。儿子听了喜出望外，真的？那我到了国外也养只好鸽子，我要让它成为横跨欧亚大陆的信使！

儿子走后大半年，越洋电话开始频繁。每次总不忘问，我在牛津养的鸽子飞回来了没有？老朱每次都答没有。直到有一天深夜，儿子打电话回来时，哭了。老朱沉默良久，没问原因，却说了两句意味深长的话：别忘了，你是警察的儿子。还有，你养的鸽子飞回来了。

乡下的母亲

○唐丽妮

母亲终于答应来城里。

我盘算着，母亲来了就不让她再回去。我们都在外面，父亲也早躺在了山坡上，母亲还待在家里干什么呢？辛苦一辈子，也该享享福了。

可母亲说，家里还有鸡有鸭有田有地哩。

我没吱声，心里说，就不让你回！

去超市，给母亲买了点东西。毛巾牙刷人参燕窝，加一床羊绒被，几套衣服，还有一些杂七杂八的用品。母亲跟在我身后，显得很紧张，不知道怎么处置那双粗糙的老手，背一下，搓一下，更多时候，是硬邦邦地垂着。有穿黄褂子的营业员走过来，她就赶紧贴着我，想藏起来，像做贼一样。

妞，你怎么不给钱就拿人家的东西？母亲在我耳旁小声说，浑浊的眼睛警惕地四处偷偷看。

妈，这是超市，先拿东西，到出口再拢堆算钱哩。我告诉母亲，这是超市的规矩，别人也都是这样的。

母亲看看周围的人，才稍稍松一口气，可始终不敢碰那个购物小推车，还咕哝我买太多，又不记下价钱，等下怎么跟人家算钱啊。我不知如何回答，只好含笑不语。

直到我把钱交给收银员，买的东西也全部装了袋，母亲才长长吁一口气，仿佛卸下了千斤的担子。不知所措的老手也立即有了主见，抢先拎起那几袋东西。母亲急步就走。我一边整理钱包一边急步追，不停叫她慢点慢点。

到门口，母亲也没停下，掀开塑料帘子就想出去。

一个穿制服的保安突然斜插过来，粗壮的胳膊拦在母亲胸前。母亲吓得连退几步，嗫嚅着说，我们给过钱的！给过钱的啊！慌慌张张回头望，用无助的目光寻找她的女儿。

我急忙跑过去，瞪保安一眼，把购物小票递过去盖章，扶着母亲慢慢走出去。

经过这番惊吓，母亲变得沉默了，不再说话，也不再跟我抢东西拿，每一步都走得很小心。

天空上忽然翻起很多黑云，快要下雨了。我们来不及去坐公交车，只好打的。而这个时候的的士，生意太好，特别难打。

站路边等车。我两只手都提着几袋东西，不好叫车，有空车来了，便叫母亲招手。

哎。母亲答应着，右手连忙往前面伸了伸。可的士不理会我们，哧溜一下滑过去，停在旁边一个鬈发女人面前。

妈，你招手要高一些，举过头，要不司机看不见。我望着的士扬长而去，皱起眉头。

噢，知道了。母亲局促地看我一眼，低下头，像个做错事的孩子。

第二辆出租车，母亲还是没能叫住，被一位中年男子抢了去。

妈！怎么回事啊！不是叫你举高一些嘛！

我举高了啊！

你那是招手吗？你那是梳头！我看看越来越沉的天，调整一下越来越沉的袋子，不耐烦了。

我……母亲不再说话，也不再看我，两眼死死盯着车来的方向。

第三辆挂着"空车"牌子的的士开来时，我正想放下袋子招手，却见母亲一个箭步冲到路中央，张开双臂。一时间，所有的车辆都在母亲面前停了下来，刹车声，喇叭声，叫骂声，欷声，灌满了整条街道。

母亲仿佛没有听见，顶着一头花白的头发直挺挺拦在车前。

妈——我扔掉东西，大叫着冲过去，紧紧搂着母亲。

妞，妈不中用。妞让妈做什么都可以，可是，妈不会招手，妈没招过手，真的不会啊！母亲委屈地说，浑浊的眼里含满了泪。

是啊！母亲整天弯着腰种田，犁地，喂鸡，喂鸭，洗衣，做饭……可曾有一次招手的机会？望着瘦弱的母亲，我再也控制不了自己的泪水。

我知道我是留不住母亲了。

果然，母亲第二天就要回去，谁也劝不住。

此后，一晃就是三年，母亲再没进过城，而我被各种杂事牵绊着，也没能回娘家。

今年春节，终于有了一个机会，回老家看望母亲。

母亲精神很好，手捧簸箕站在院子中央，脚下围着一群叫喳喳的鸡和鸭。母亲轮流往周围撒玉米粒。鸡鸭们呢，就轮流着扑棱翅膀。

妞，先歇会儿，待会儿咱去县里超市逛逛。看到我，母亲很开心。

妈，日头都有点偏西了哩，还能去县里？我很惊讶，县城离村子很远，要搁以前，得天亮就出发，才能赶在天黑前回到，现在就算通了公路，也不能这么快啊。

呵呵。母亲笑成了一朵菊花，却不说话。

到街上，我才知道，往县里去的高速公路在村口开了个口子，村里好几辆面包车专门走这条线，搭客跑县城，半个钟头就到。

我正感慨，一辆蓝色的半旧五菱面包车蹦跳着开过来了。母亲不慌不忙侧身探出半个身位，右手高高举起，大声说，哎——搭个座儿。

太阳岛上

○包利民

父亲那时每喝完酒，都会感叹着说："在哈尔滨，最好的地方就是太阳岛了，全国都出名啊！"

那年我八岁，父亲一年中有大半年时间在工程队干活儿，走过很多地方。当时正流行郑绪岚演唱的《太阳岛上》，歌中唱道："明媚的夏日里天空多么晴朗\ 美丽的太阳岛多么令人神往\ 带着垂钓的鱼竿\ 带着露营的篷帐\ 我们来到了\ 我们来到了\ 小伙子背上六弦琴\ 姑娘们换好了游泳装……"不知勾起了多少人的向往。

于是在一次父亲酒后，我问他："你去过太阳岛吗？你咋知道那是哈尔滨最好的地方？"父亲便略低下头说："没去过，不过肯定是能去的！"那年父亲所在的工程队要去哈尔滨修江桥，他兴奋得无以复加，用力地拍着我的肩膀说："小子，这回你爹可真要去太阳岛喽！"

夏天的时候父亲写信回来，说过几天他们要放两天假，正好可以去太阳岛瞅瞅，还说远远地看那里，全是绿色，里边肯定要比歌中唱得还好。从那以后我日日盼着父亲的信，想听他讲讲太阳岛上的事。可是竟是一直没有信来，也不知他去太阳岛没有。

秋天的时候，父亲回来了。我和姐姐就都问："你去太阳岛了吗？那上面好吗？"父亲就说："当然去了，嘿，真是太好了！"我们就不依不饶地问："那到底好在哪儿呢？"父亲也说不清楚，问他上面可有歌中说的弹琴的小伙子和穿泳装的姑娘，他说："反正人挺多，干啥的都有！"我们就说："你是不是没去啊，回来骗我们！"父亲急了，说："咋没去？那门票要五块钱一张呢！"说着从口袋里掏出一张纸来，在我们眼前晃了晃："这就是门票！"我们看了一眼，上面果然写着"五元"的字样，还有一个红红的印章，没等细看，他就收回去了，说："别让你们弄坏了，这可要留做纪念呢！"

自那以后，父亲每次喝酒之后，更是慨叹太阳岛的美，说得我们心中痒痒的，暗暗决定以后一定要亲自去看看。父亲也是常说："等有机会我还要再去看看，这次要看得仔细些！"可是父亲终没有再等到机会，工程队那几年转而向大小兴安岭施工，再也不去省城了。后来父亲的一条腿被砸伤，不能再出去干活儿了，而我们的小村子离哈尔滨又极远，他再去太阳岛的梦想就一直没有实现。

后来，我去哈尔滨上学，到了那儿的第一件事就是去了一趟太阳岛。也许是期望过高，并没有想象中的美丽迷人，心中便有了失望。可是在给父亲的信中，我还是把太阳岛的风景描绘得天花乱坠。姐姐来省城看我，我们又去了一次太阳岛，并照了许多相片，姐姐说："回去我一定给爸好好讲讲，他现在喝完酒还总念叨呢！这么多年了，他一直都没忘！"我们相视一笑，心中却涌起一种异样的情绪。

那年暑假，我回到家，父亲一见我就用力地拍着我的肩膀，说："小子，爸没骗你吧？那太阳岛是不是很好？"我使劲儿点头。那天我陪父亲喝酒，话题总是不离太阳岛。父亲喝醉了，躺在炕上口中还不住地说着："太阳岛，就是最好的地方！"

我和姐姐默默地看着酣睡的父亲，眼睛都有些发湿。当年我们就曾偷偷地翻出父亲那张太阳岛的门票，其实那是一张随地吐痰的罚款收据，父亲从没有去过太阳岛。

谷 雨

○吴卫华

    农历三月十五谷雨那天早饭后，谷爷扛着样式老旧的木耧，赶着老黄牛走出家门。其实老黄牛用不着谷爷赶，它的缰绳随便缠了几圈搭在脖子上，背上驮着半袋谷种，慢吞吞地走在谷爷前面，倒像领着谷爷走。谷爷也不嫌它慢，跟着它慢慢走，还不时和它说着话："老伙计，这个上午你要好好出把力，咱那块地全仗你了。"老黄牛摇摇耳朵，轻轻哞一声，好像说："那就看我的吧。"

    一人一牛走出村去。村头路边有棵合抱粗的泡桐，正是繁花满树，淡紫色的喇叭花一串一嘟噜地挂满枝头。田里稠密青绿的麦苗中，间或浓墨重彩地涂出一抹黄灿灿的油菜花。老黄牛一看到田野，就抖擞起了精神，碎步小跑起来。谷爷的长腿跟着它加快了摆速，耧在谷爷肩上稳稳地扛着，须发皆白的谷爷笑骂老黄牛："真是贱骨头，望见庄稼地就跑，这半年歇得你骨痒皮紧了吧。"

    老黄牛斜穿过一片杨树林，走上右拐的田间小路。小路上野草夹畔，它低下头用阔嘴啃了一口水灵灵的野草，嚼嚼，青青的汁液立时浸濡了它的舌头和口腔，它被这鲜美的味道陶醉了，又来了一口。畦中的麦苗也许更好吃些，它的嘴伸向麦苗，刚想偷吃一口，紧跟在它后面的谷爷拍拍它的屁股说话了："老伙计，那可不是你吃的。"它的脸红了一下，谷爷没看到，但谷爷感觉到了。它不再啃咬野草，踩着有些松软的小路径直走到了谷爷的地头，站住。

谷爷的这块地是春地，自去年秋天谷子收割到家后，这块地就闲置在这儿。谷雨前几天下了一场雨，雨水把土地浸润得经得住脚踩却又绵绵软软。谷爷舍不得老黄牛干重活，老黄牛老了，哪还能干壮年光景的活。昨天，谷爷让儿子开着拖拉机把这块一亩大的春地犁了一遍，又细细耙平。儿子还要给谷爷找辆播种车，谷爷说不用不用，有我和老牛就行了。儿子说牛都老得走不动了，也该卖了。谷爷生气地说我也老了，你卖不卖。儿子啼笑皆非，不敢再说卖牛的话。

谷爷放下木耧，从牛背上卸下谷种，把牛套进耧杆里，再把谷种倒进耧斗。谷爷弯腰抓起一把田土在手里团团，土壤松软润湿，有着一股新鲜的土腥味。谷爷赞叹般说："好墒土！咱们开耧，驾。"老黄牛听到谷爷的口令，立时低首奋蹄，顺着田畦不紧不慢不弯不扭地直走下去。谷爷摇耧，到了地头，谷爷吁一声，牛就站住。谷爷扯扯右边缰绳，牛就右转，听谷爷说驾，就又顺着田畦往回直走。老黄牛清清楚楚记得在它是头小牛犊时，总是把耧拉偏，身边就少不了谷爷的儿子牵着它走直线。它不知道自己拉了多少年耧，只知道自己慢慢变老了，闭着眼也能走好直线。以前它有使不完的蛮力，别说拉耧了，就是拉着大铁犁铧，也能冲冲地直跑，身后泥浪翻滚。现在它不急着跑了，把劲使匀了，慢悠悠地向前拉，并得闲欣赏着四周的景物。

地边种着一排大杨树，青白水润的树皮老让它想啃一口，这么些年来，它从没有试着啃一口，因为树身上那些长长的大眼睛总是警惕地看着它。它曾绕到树后，想躲过前面的眼睛，可树后也有，那些充满了警惕的大眼睛布满了树身，仿佛看穿了它的心思。杨树上挂满了胡子，虽然已经过了杨柳絮儿无风自扬有风则漫天飞舞的时节，仍有些许杨絮儿黏附在杨胡子上，零星飘扬。一群体态丰盈的麻雀，在树上唧唧喳喳翘首乍翅地胡闹，它们是平原上最最常见的小无赖，善于拉帮结派，秋天在田间窃食，其他季节则游荡在村子里啄食残饭寻觅粮仓。老黄牛看看树上的麻雀，不明白这些小不点为什么能一天到晚那么喜庆。

谷爷摇了半晌耧，只觉臂酸腿沉遍身出汗，气喘吁吁地跟老黄牛说："到地头歇了吧，看来咱们是真的老了。"到了地头，谷爷给牛脱了套："到那边卧一卧，套着这行头歇不舒服。"老黄牛走出耧杆，就近卧在谷爷身边。谷爷傍着老黄牛坐下："我都七十整岁了，你跟了我二十年，咱们都老了，谁也别逞强把活一气干完。"和牛坐在一起的谷爷，神情像头老牛，不知谷爷把自己当成了老牛，还是牛不知道它是头牛。他们一起回望着不远处的村庄，村庄上嘉树成荫，村边农舍外有几株高大的桐树，淡紫色的喇叭花开得云蒸霞蔚。不知哪儿传来啄木鸟"空空空"的啄树声……

早些年，李家泊盛产小米，家家种谷子。一马平川的庄稼地里，哪家也没有谷爷种出的谷子好，谷爷种的谷子，碾出的小米颗粒滚圆色泽金黄，熬出的小米粥更是糯软清香。由于谷子的产量不高，近些年，很少有人种了，大多改种了高产的小麦。种谷子要留春地，肥沃沃的一块好地，一年只能收一季谷子，都认为可惜了。种麦子就不同，收了麦能接茬种玉米，一年两季收获。谷爷不，谷爷认定了种谷子，要不谷爷怎么叫谷爷。谷爷说人不能太逼榨地了，得让它休养休养缓缓劲儿，那样才能长出好庄稼。

小米养人，老理儿了，都知道。乡下的老人要吃小米，小孩要吃小米，坐月子的产妇尤其要吃小米。产妇的公婆或父母，在她还未生产时，就早早备足了够吃一个月的小米，准备给她熬红糖小米粥，而这小米以谷爷种出的为上上品。那些米贩卖的多不纯正，连城里人也闻着讯儿来李家泊找谷爷买小米。

近年，李家泊大片种谷子的就剩谷爷一人了，今年，谷爷也仅种了一亩。谷爷老了，谷爷的牛也老了，不得不缩小种植面积。

谷子种上后，谷爷发觉老黄牛日渐慵懒不思饮食。那天谷爷到牛棚里给牛添草加料，牛精神不振地卧着，只是看看谷爷，没有站起来的意思。谷爷将两把黄豆和玉米撒拌在谷草里："起来看看，有你爱吃的黄豆呢。"它勉强站起来，将头伸进槽里吃了几口就不吃了。谷爷说："累着了？十年前一村的牲口中再没有你有力气的。"看到牛再次卧下，谷爷担忧起来，"伙计，你不是病了吧，我给你请个兽医看看。"

谷爷说去就去。兽医背着药箱跟着谷爷匆匆来了，围着牛看看，又跟谷爷说了些什么。牛听不懂，但牛知道它认识的这个背有点驼的兽医有个玻璃大针管，扎在身上会很疼。果然驼背兽医从药箱里取出了玻璃大针管，它条件反射地站起来，盯着兽医，作出了抵触的样子。谷爷扳住它的曲角安慰说："伙计，别怕，扎一针病就好了。"驼背兽医快速把针扎进它的身体里，它想跳开，不知是谷爷力气大挟制着它不能动，还是它身衰体弱，它只是扭了扭身子，表示了它微弱的反抗后，就放弃抵触由驼背兽医摆布了。驼背兽医走时跟谷爷说的一句话它听懂了，驼背兽医说："它太老了。"

它这次真的病得不轻，神情越来越委靡，老听见谷爷在它身边自责地说："早知道你会累病，说什么也不会让你拉耧的。"每次听谷爷这么说，它心里就会泛上许多难过，大眼怔怔地看定谷爷，心里说："我老了，再不能帮你了。"

一只悲怆的苹果

○马　德

那天，我在街角的水果摊前买了些水果。交了钱，正要走，卖水果的女人突然停下手里的活计，犹豫了一下，探着身子，怯怯地问："马老师，你认识 Y 中学的领导吗？"

我有些意外。印象中，这是一个很少说话的女人。除了寡言少语，我所见到的，全是她的辛苦。夏天，别人家的摊位前都有一个大遮阳伞，高高的，遮出一片阴凉来。而她，只把水果遮得严严实实的，自己却在太阳底下暴晒着。冬天，大冷的日子，别人都不出摊了，她还在。我常见她披着一件破旧的绿军大衣，站在瑟瑟的冷风中，不停地跺着脚，等着顾客出现。

由于上下班我经常路过这个街角，也由于经常买她的水果，一来二去，我们认识了。但也只是简单的认识。有时候，远远地看见了，挥挥手，算是打了招呼。即便是买水果的时候，也只是彼此笑笑，却很少说话。

今天，女人一开口，我吃惊不小。

"Y 中学的领导，嗯，我认识。有事吗？"我满怀好奇地问。

女人沉默了好一会儿，才声音低低地说："我闺女在那所学校上学，被开除了。"女人有些羞愧，说完这句话，仿佛用尽了她所有的力气。

"开除了？怎么回事？"我表达着我的疑惑。因为，在我看来，女孩子很少有被学校开除的。

"她啊，搞对象，被学校知道了。"女人低下头，双手不停地揉搓着衣服的前襟，仿佛犯错误的不是她的女儿，而是她自己。"我一天到晚看着这个水果摊，也没工夫照料她。这个孩子，真叫人想不通，唉——"长长的叹息中，我看到女人的眼圈开始发红。

我决定帮女人这个忙。第二天，我就跑到 Y 中学，找到了她女儿所在班的班主任张老师。张老师听说我为被开除的女生而来，说："马老师，你说现在的孩子多不争气。你不知道，这个女生的母亲有多可怜！"

"怎么，你也了解她的母亲？"我有些纳闷儿。

"那天，因为要叫家长，她来了。"张老师说，"当我把她女儿的相关情况以及学校的处理决定告诉她后，她竟支持不住，一屁股瘫坐到椅子上，呜呜大哭。闹得我，也跟着她眼泪麻花的。她拉着我的手，不停地说，张老师，闺女要这么回去了，天就塌了……"

说到这儿，张老师有些激动："后来，我才知道她丈夫患脑血栓，已经瘫痪了多年。婆婆不能动弹，成年在炕上躺着。家里，只有她一个人苦苦支撑着。她担心，如果闺女这样被开除回了家，她爸爸知道了，一生气，怕活不了……后来，我和她商量了一下，让她直接把女儿送到了亲戚家，然后，再想办法。马老师，你要是能和领导说上话，帮帮这个母亲吧。"

我之前所见到的女人的所有辛苦，一下子找到了答案。我必须竭尽全力去帮她，或许，这已经不是一次简单的帮忙，而是一次拯救。

谢天谢地，Y 学校的领导给了我面子。条件是，让女生在家反省一个月再回来。当然了，我也看到了女生写的那封"情书"，满纸的"老公""老婆"之类的话。现在的孩子啊，竟然到了这样令人不堪的地步。

当我到水果摊前，把女儿可以重新上学的消息告诉女人后，她竟然高兴得不知道说什么好，手忙脚乱地装了满满一大塑料袋苹果塞给我。我推搡着不要，结果，苹果撒了一地。她赔着笑脸，又手忙脚乱地捡拾苹果。女人伏在地上的姿势，让我感到一阵心酸。

女人过意不去，决意要请我吃饭。对于这样在艰难中挣扎的女人，我怎么好意思去吃她的饭呢？女人的几次盛情邀请，我都婉言拒绝了。

有一天中午，我下班，刚出单位大门，见她等在门口。"你怎么在这里？"我很惊讶。

她笑笑，说："我在这里等你好久了。我在饭馆点好菜了，你今天无论如何都要去。"说完，她把自行车一横，挡在了我面前。

那是一个小饭馆，她要了满满一桌子菜。一起吃饭的，还有她的女儿。我不知道她的女儿是不是从内心里感知到了母亲的艰辛和不易，席间，有好几次想说说她，但几次话到了嘴边，都咽了下去。我想，生活最终会让她明白一切的。

我找了个理由出来，把账结了，然后偷偷跑了出来。这样的饭，我没有心思吃下去，因为，那是一桌子的辛酸和泪水。

跑调的高三

○安 宁

刚读高三那年，班里转来一个叫木根的男生。人如其名，笨拙木讷。据小道消息说，他已经在高三的前线上与敌拼杀两年了，依然没有丝毫能将制高点拿下的迹象。

那一年，总感觉同学之间的关系突然变得有几分微妙和冷漠，明明是一分一秒地都较着劲，脸上却故意挂上无所谓的轻松。自己的分数和名次像是国家机密，不想让别人知道，却费尽心机地打听别人的。在这样压抑的气氛里时间长了，人便得了一种被老师们称为"高考综合征"的病：胸闷、头晕、烦躁，莫名地想发火把谁狠狠地教训一顿。

日子在无声的厮杀中滑过，很快便到了高中最后一个新年晚会。尽管电视广播里处处弥漫着新年气息，文娱委员也多次鼓动大家为这最后一场晚会献艺，但是在一切为高考让路的观念面前，没有几个人肯花时间准备节目。最后文娱委员急了，请来班主任，命令大家晚会上必须每人出一个节目。

晚会终于勉强搭起了台。简陋得很，没有往昔花花绿绿的气球和彩灯，节目单上，除了文娱委员一个老掉牙的单口相声，其余清一色的是独唱。

晚会有些死气沉沉的。直到主持人报出木根的名字时，大家才将好奇的视线刷地转到他的身上。

木根像是一株秋天里的高粱，脸黑红黑红的，只是身材矮矮壮壮的。在别人的窃窃私语里，木根张了好几次嘴，却什么声音也没发出来。两分钟后，他终于"啊"地吼了出来。起初，我们还很吃惊，想这家伙平日里不近影视，倒还会来个让全班同学都陌生的歌。

直到他快唱完了的时候，忽然有人嚷了一声：他唱的是张雨生的《我的未来不是梦》耶！

这么一提醒，我们才意识到他是把这首歌完完全全唱走调了！而且跑调的幅度可以说创世界吉尼斯纪录了！打个比方：就好比是把《好汉歌》唱成了《很爱很爱你》的调子。这样滑稽的唱法真是让全班同学大开眼界。有人已经开始在下面小声笑开了，大多数同学则是低下头去，装做揉眼或是弯腰捡什么东西。但是每一个人都清楚，笑，马上就要滚滚而来了。

歌，终于结束了。从没有过的掌声，雷鸣般地响起，震得人头皮发麻，借着这掌声的掩护，有同学笑得不住地咳嗽，而我们亲爱的文娱委员，则很体贴地搬出了她的单口相声，只说了一句，台下的同学就全都笑爆了，有人竟然笑得"扑通"一声滑到了地上，眼泪，也哗哗地流出来了。

可是，这样的笑，成了这场晚会的兴奋剂，一下子将气氛推向了高潮。而我们的木根，则坐在喧哗教室的一角，红着脸轻轻地问他的同桌："我唱得……还行吧？"这一句，却引来了异口同声的回答："木根，你唱得太棒啦！"说完，又是一阵哈哈大笑！

笑，真的是世界上的灵丹妙药，有了它，所有的忧愁、忌妒、不安，消失得一干二净。我们在这样一场因为木根而在记忆里刻骨铭心的晚会过后，才突然地意识到：分手，而不是高考，已经呼啸着来到了；所有的猜疑、不快，也到了烟消云散的时候。精美的留言册，像迟到的小学生似的，在我们这最后一段共同行走的路上，气喘吁吁地传起来。

　　而我们的木根却从没有意识到，他给我们带来的，除了笑声，还有日渐浓厚的真情。他只是深深地记住了那句"你唱得太棒啦"，信心百倍地投入了高考。

辞　行

○ 韦如辉

父亲站在十层高的脚手架上，灼热的南风从空旷的城外吹过来，把父亲弄成一尊贴在墙上的活标本。

我放下肩上的旅行包，冲高高在上的父亲高喊一声：大（淮北人喊父为大）！风把我喊出去的话儿，如箭似的被拦腰折断，父亲没能听到儿子那一刻动人的呼唤。

我双手弯曲成喇叭筒状，冲父亲所在的方向，再一次高喊，我是立新，大，听到了吗？

父亲听到立新的字眼，本能地低下头，父亲才发现儿子就在自己的脚下。脚下，除了儿子，还有成堆的沙石和轰轰隆隆转个不停的搅拌机。

父亲拿起挂在屁股后头的扬声器，焦急地冲我喊，立新啊，怎么现在来了，有事儿？

父亲从乡下来到城里，又从城里的地面爬向城里的高空，父亲有着自己的盘算。高空作业每天 60 元，在地下工作每天只能得到 30 元。贫穷而要强的父亲选择了高空，选择了一天 60 元的工作。

我继续对父亲喊，大，我要走了。

走？父亲疑惑地再低一下头，你上哪儿去？

我说，去广东。

父亲果断地说，那不行！家里只有你娘一个人怎么行？

母亲也不同意我上广东，虽然广东是个遍地流金的地方。母亲哭肿双眼，力阻我出去打工。但是，对于广东，我是下决心去定了。村子里像我这样的劳力，早已去了广东。我在家几乎一天都待不下去了。

我继续对父亲喊，娘说了，她行！

父亲仍然坚决地说，那不行！

停在路旁的客车司机急促地按着喇叭，意思是说，别磨蹭了，再不上车，就不等了。

我没有再和父亲多说一句话儿，挎起背包，不容置疑地踏上客车。

客车留下一路长烟，把父亲歇斯底里的喊叫甩得越来越远。

广东确实是个好地方。我同父亲干一样的活儿，居然能比父亲一天多拿一倍的工钱。我常常在梦中自言自语地说，大啊大，广东确实是个好地方。

年关，我腰包鼓鼓地回到家。我想让父亲和母亲惊喜一场，突然在他们面前掏出那么多花花绿绿的票子。或者，父亲得意洋洋地叼着烟，迭不连声地夸我是个孝子。母亲眼里噙着泪，为自己有个有出息的儿子而感到无比幸福。到了村头，我说话的声音如同打炸雷。我想让村子里的孩子们提前告诉父亲和母亲，他们的儿子回来了。

父亲拄着双拐立在门前，母亲的哭叫瞬间漫过村头。我说，大，你这是怎么了？父亲低下了头，只给我一个佝偻的脊背。我急不可耐地问母亲，娘，大这是怎么了？母亲的哭叫声更大了，仿佛家里死了人。

父亲是在我去广东的第二天，从脚手架上掉下来的。

父亲从十层高的地方掉下来，正巧挂在二层的脚手架上之后，工头的第一句话却说，王贞虎这家伙，脑袋进水了，怎么不系安全带！

二层的脚手架显然救了父亲一命，却使父亲永远失去左腿。父亲的左腿，可是我们家的一根顶梁柱啊。

由于我的安全归家，那个年，我们家过得还算不错。父亲仿佛暂时忘掉他那恐怖的一幕，折皱的脸上，有时还泛起几丝难得一见的笑意。母亲房前屋后地张罗着过年的东西，厨房里飘出香喷喷的肉味儿。鞭炮声已从远处的村庄响起，而后响在村子的东头，再后从东到西，依次响起鞭炮的爆炸声。我也点燃一挂鞭炮，响当当地炸起对来年的希望和对未来的梦想。

年，好像是飘在路边的几片枯萎的树叶儿，很快就被东来的风吹得无影无踪了。

吃过初五的早饭，我对母亲说，娘，我马上就去广东。

父亲蹲在墙角抽着劣质的烟，一双被太阳光照得十分刺眼的不锈钢双拐卧在他的身旁。父亲没说一句话儿，只让满脸的愁容肆无忌惮地在自己头上和脸上蔓延。

母亲掉下眼泪。母亲的眼泪好像一点儿都不值钱，竟十分随意地再一次掉下来，漫不经心地打湿她脚下的尘土。

我背上沉重的旅行包，低头走在去县城的乡村小道上。父亲紧随其后，一双铁拐被他弄得吱吱作响。我说，大，回吧。

父亲不说话儿，喘气的声音越来越粗，仿佛一头犁过田的老牛。

待走到土路与柏油路的接口，父亲终于停下自己的双拐。我向父亲挥一挥手，再一次对他说，大，回吧。转过身去，我眼睛里塞满石子般坚硬的泪水。

爱无灵犀

○沧州老朱

国庆节，因要接待几个俄罗斯客户，他打电话回老家，跟母亲说自己6号才能回去。公司越做越大，回老家的次数却越来越少。

事实上，俄罗斯客人4号就走了，5号一大早，收拾停当，他开车带了妻儿踏上了回家的路。他撒了谎，因为他知道，只要说自己回家，母亲一定会到村口接。前些天下了雨，虽然这会儿天已放晴，可山里气温低，加上雾气正浓，一早一晚很是阴冷。母亲已经78岁了，腿脚又不好，总在风口里站着，身体哪受得了？

然而车还没下公路，他便远远地看到了站在村口的母亲。母亲站在那棵大槐树下，不时地踮起脚，向公路方向张望。一头披散的白发在风中摇曳，整个身子像一株深秋被摘去了果实的玉米秸，看上去单薄而脆弱。

母亲的左眼去年查出了白内障，医生说老太太岁数大了，不适合开刀，再说也不敢开刀，怕老太太的身体吃不消。母亲自己也不肯再治疗了，说好歹还有一只眼，将就着得了，况且临死再挨一刀，不值得。可他知道，母亲是心疼钱。母亲总说他们挣钱不容易，不要大手大脚。他想等再过一段时间，母亲的眼睛适合手术了，就带她去市里做了。他告诉母亲，手术的几个钱对自己来说根本算不了什么。他说这话时，母亲笑了，笑得很灿烂。儿子出息了，做母亲的一辈子盼的，不就是这个吗？

村口离公路还有两三百米的距离，这么远，母亲昏花的老眼根本看不清，可母亲依旧固执地抻长了脖子，不时向这边张望着。

他的眼有些潮湿。远远地，他停了车，妻子和女儿下车，一溜小跑过去。女儿大声喊着奶奶，犹如天籁，喜得老太太合不拢嘴。

把母亲扶到车上，他问母亲："不是打电话说6号才回家吗，今天才5号，怎么就知道我回来了呢？"

"我是你娘，你那点儿心思我还不知道？"母亲咧着缺了牙的嘴，笑着，有些得意，有些狡黠，"不就是怕我出来接你们会染了风寒，故意跟我撒谎吗？我这掐指一算，就知道你们今天回来……"

"奶奶，您真是比如来佛还神，不用猜就知道我们今天回来。"女儿撒娇似的挽着奶奶的胳膊。

"这还用说，要不，怎么叫母子连心呢。"

一家人都笑了。这一刻，他忽然就相信了妻的话。妻说，爱，是有灵犀的。以前，每次往老家打电话，十回倒有九回是母亲接的。家里的电话没有来电显示，他一直纳闷儿，怎么每次不等他开口，母亲便知道打电话的人是他呢？莫非这爱的灵犀就真的这般灵？

不知不觉中，车进了胡同，嫂子迎了出来。哥哥比他大9岁，两个孩子大了，已在外地工作。

女儿拉了奶奶去表姐家串门儿，妻和嫂子择菜做饭，他无所事事，一路闲逛着去菜园找哥哥。

哥哥正在园子里侍弄白菜，见到他，喜上眉梢。哥俩你一句我一句闲聊着。问及母亲的近况，哥不觉叹了一口气："娘越来越糊涂了，天天守着电话，不管谁打进来，张嘴就是一句'二小儿啊，娘就知道是你'，弄得俩孩子都不敢往家打电话了，怕娘一听打电话的不是你，失望……"

他愕然，怪不得每次打电话母亲一猜一个准呢。

"有些话，我都不知道该怎么说。"哥哥抬头看了他一眼，顿了顿，接着说，"娘岁数大了，腿脚又不灵便，身边不能离人了，可你嫂子总不能啥活儿都不干光跟着娘啊。这不，自从去年你去省城办事顺便回了趟家，娘想起来便到村头儿站会儿。国庆节这 7 天假，你明明说 6 号才回来，可娘愣是从 1 号起便天天去村口等……"

他的心一阵阵疼挛。他一直都以为母亲接电话和去村口等他，不过是一种巧合，或者如妻子所言，是一种母子间的灵犀。却原来，这爱里根本就不存在什么灵犀，那不过是一个母亲，日复一日固执的牵挂与守候。

他眼前不由浮现出秋风中母亲翘首期盼的身影，那颤颤巍巍的身体，令他的心，刹那间，一片濡湿。

父爱无痕

○ 陈玉丽

我和父亲的关系很"僵"。我们在一起时，总是没有话说，更别提谈什么知心话了。为此，我很苦恼，但是又不知道如何与父亲沟通。因此，我一直觉得自己缺乏父爱。

有一天，单位决定派我去总公司驻南非分公司工作，这一去就是一年半载。临走的前一天晚上，我和父亲在一起看电视，几乎谁也没有说话。该睡觉了，我想了又想，觉得还是应该告诉父亲："爸，有件事想跟您说一声。"

父亲几乎连头都没有抬起来："什么事？"

我似乎感到了父亲的冷漠，但还是接着说："我要去南非工作一段时间！"

"噢，去吧！"停了一下，父亲忽然抬起头来，问道，"什么，去南非？什么时候走？"

"明天下午！"

"明天？"父亲很吃惊，"什么时候回来？"

我似乎感受到了父亲的关爱，这是我从未有过的体验："大概一年半载吧！"

父亲从椅子上站了起来，然后又坐了下去："怎么这么长时间？"

我"噢"了一声，算是对父亲的回答。然后是一阵沉寂，两人都不再说话了。后来我准备回房间睡觉，父亲站起来说："等一下！"

父亲走进书房："小明，进来吧！"我听到父亲叫自己的乳名，感到特别亲切，因为父亲好多年都没有这么叫我了。顷刻间，我感到一股暖流传遍全身。我走进父亲的书房，父亲拿着一枝笔站在《世界地图》前寻找着。"我眼睛不太好使了，你把南非给我标出来！"父亲说。

我在"南非"上画了一个粗粗的圆圈。父亲接过笔，在自己居住的城市上也画了一个圆圈，然后用一条粗粗的线把这两点连接了起来。父亲转过身来，拍拍我的肩，满意地说："去休息吧！想你的时候，我就看这地图上的点和线！"

看着父亲，我哭了。

我比父亲走得快

〇一路开花

父亲到了晚年才得我这一女，来之不易。可恰巧我又是那般地调皮，能说会道，所以父亲一直宠爱着我。这样的宠爱，从来没有因为我年龄的增长改变过，甚至一直延续到了我的大学生涯。

高考填报志愿，我和所有的同学一样，选择了外省的高校。母亲着急，怕我在外面吃苦受累。可父亲却说我这么大的人了，该到外面磨炼一下了。

父亲说是这么说，可每次我回学校、回家，都是母亲在家做饭，他一人在车站痴痴等待。从小父亲就是我的一座山，我不相信世间有何事能够难倒他。于是，我有任何困难，都会告诉父亲，让他给我出主意。

每每下车看到父亲，我总是很快地把手里所有大包小包都扔给他，然后长长地嘘一口气，大步地向前走，边走还边和我的那些旧朋新友短信来去，电话长谈。

再后来，我暑假不回去了，我留在外面跟一帮朋友做事。父亲每天晚上准时给我电话，朋友都笑我还跟个小孩子一样。于是，我告诉父亲，我们这里晚上有时候也要上班。从那以后，父亲的电话终于由一天一次变成了一周一次。

过年回家，父亲左右打量我，说我瘦了。我敷衍地回答他，哦，是瘦了。其实，他哪里知道我这个假期胖了足足六斤。

他告诉我，要多锻炼，锻炼能改善体质。我讨厌跑步，讨厌那种全身流汗的感觉。于是，父亲就叫我走路，快步走动。为了让我有信心坚持锻炼，父亲亲自督促我，和我一块儿走。

傍晚，我和父亲在小区的花园里"竞走"。开始我和他有一段距离，可随着时间的推移，距离越来越短。我在后面用力地叫着，爸爸，我快追上你了，我快追上你了。像小时候他催促我一样。

我能看出来，在我的催促中，他显然有些紧张，并且在用力地加快自己的步伐。几次，险些摔倒。可尽管这样，结果还是我赢了。

我当时是多么兴奋，欢呼不已。因为，他在我心里，是一座无法摧毁的山。哪怕现在我已上了大学，却仍然无法脱离他。

大年刚过，我便急着要走，因为学校里我们组织了一个社团，创办了一个培训班，要去张罗新的招生计划。父亲将那些平时我爱吃的东西早早地预备好，装入了一个黑色的背包里，怕我在车上饿着。嘱咐我，这个包那个包可以留在身边，随时可以打开，不必麻烦。母亲则把我平日里的衣物收拾妥当，足足一大袋。

车子进站的一瞬，父亲将我的两大袋行李背起，叫我拿票先上车。我习惯了这样的接送方式，对此习以为常。我以最快的速度冲到自己的座位上坐定，过了一会儿，父亲就已经将我的行李背到了座位上，并且搁置安好。

我怕他会在车上唠叨太久，于是哄骗他这车很快就要开动了。他如平时一般，只说了一句"路上小心"，便匆匆下车了。

我无聊地向窗外张望，忽然一个老头儿闯入了我的视野，背着一个大大的行李包，艰难地行走着。前面一个清瘦的男孩手捏车票，催促着他走快些。他将背上的行李包用力向上耸了耸，站定了一会儿，头向着车门的方向抬了抬，嘴唇动了动，好像是示意男孩先挤上车，他随后就来。

那男孩朝着人潮拥挤的车门直奔而去了。这时，那老头儿才把那行李袋重重地放了下来，身形狼狈。几秒钟后又吃力地迅速背起，朝着车门的方向过去了。

我急忙回头，泪眼模糊，不忍再看。

我想，父亲的模样，大概也是这样吧？

当然，我再没有透过车窗与父亲告别，更不清楚他是以何种故作洒脱的姿态来与我挥手告别。因为此时我知道，无论怎样优美的挥手，都只能代表着离别。

我想起那日的"竞走"。父亲大口地喘气，大笑着说他的闺女长大了，长大了。幻想无数个镜头对着父亲，在车站的出口处。在列车到达前的几分钟时间里，他是如何的欣喜和焦急。在列车开动前的几分钟时间里，他又是怎样的无奈和黯然。

或许，他真的老了。从他大口大口的喘息里，从他手抱行李时蹒跚的步履中，从他眼角深深的鱼尾纹里，都可以看出。只是我习惯了他这样彻底的付出，并且不会为这样的彻底去察觉岁月留下的印记。

我比父亲走得快，无论是在车站里还是车站外。可这样的快，也许正是父亲所希冀的，也是我无法改变的。

记得小时候父亲曾对我说过："你以后要走前面。"

我问他："为什么我要走前面？"

他捏着我的鼻子微笑着说："只有这样，我才能看到你是否安全。"

衣锦还乡多别扭

○蒋方舟

离假期还有很长的时间，学校里就扩散着一种温柔的怀乡症。大家打招呼的方式都是一句真挚而深切的问话："快回家了，车票买好了吗？"

同学们躺在床上睡不着觉，思想早就先于行动开始了寻根之旅，这个根扎来扎去，最后终于扎在了家乡的美食上。这时候，再言讷的同学，都能用散文化的比喻来颂咏自己家乡的美味，开始怀念某个隐蔽巷子里的神秘美食。同学老乡更是像说相声一样，有唱有和，有捧有逗地介绍地方特产，旁人完全没有插嘴的分儿。

我的家乡没有什么特产，唯一的特产就是一种巨大的疙瘩状的漆黑咸菜，乡亲自己都不吃。所以我在这场竞争中没有什么发言权，只能勉强凑上去，用同赵忠祥老师一样深情沉郁的语调思别人的乡："广东好，好吃好吃，双皮奶菠萝包马蹄糕，就是用番薯煮个糖水也好吃。""四川好，好吃好吃，龙抄手钟水饺串串香，就是街上老头儿挑着卖的豆腐脑都好吃。"

炫耀我的老家时，我的主打卖点是物价低，我在学校昂首阔步指点左右："这个在我老家，只卖……"沉吟一下，再在空气中随意抓一个便宜得让人瞠目结舌的数字。在我的吹嘘里，我的老家物价低到完全不符合市场规律的地步，足够搅乱全国的市场经济。家乡的人们在救济院一样的各大商城汹涌出入，衣食住行接近白送。我说："特别是一种特产咸菜，一块钱购买一大麻袋，配白饭夹馒头，够吃两个月。"盛大的想家活动，起始于吃，跌宕起伏催人泪下了几番，最后还是落脚到吃。

想象盛筵，画饼充饥，吃理直气壮地上升到艺术，乃至意识形态的高度。大家吧嗒着嘴，在一片水声潺潺中安然入睡。

乡愁，说穿了，并不是多么浪漫的情感。有一种说法，说从小生长在一个地方，消化系统分泌的蛋白酶有了固定的构成。游子年少离乡，第一个开始怅惘的，并不是内心，而是胃。思乡，就是思饮食，思饮食，就是十二指肠作祟。

难怪，当我坐上回家的火车，并没有成功调动起多么深层的情感。当我看见车窗外日渐熟悉的景色，内心翻涌不已："啊！家乡的土，啊……"咕哝了一下，也没有更多的感叹词。

我父母在火车站接我，见到我，爸爸的第一句话就问我："你看我们火车站的变化大吧？"我举目四望，暗暗撇嘴。我高中在外地上学，每次放假坐火车回家，我爸爸必兴奋地问我火车站变化大不大。说实话，已经三年了，除多了两个金属雕塑外，我并没有看出什么其他不同来。

马尔克斯在《霍乱时期的爱情》里写道，内心的记忆会把不好的东西抹掉，而把好的东西更加美化，正是因为这种功能，我们才对过去记忆犹新。而这种抑恶扬善的怀乡病，总是让人轻而易举地上了大当。

我的家乡并没有特别萧索破败，让我震惊心碎；但是也没有我叙述里那么隽永美好，而且物价也并不便宜。回到家，我东摸摸西摸摸，坐在我在学校里魂牵梦萦的靠背椅上，觉得什么东西都没变，只是在原有的基础上更旧了。

没有预期的激动，但是我对家很快就习惯了。我穿着大棉衣大棉裤，黑头黑脸地陷在靠背椅里，目光呆滞，行动迟缓，偶尔"接见"一下前来"观摩"的亲戚朋友。

在亲戚朋友反复询问下，我开始介绍我在北京上学的半年生活。我用吹嘘"我的家乡"的语气，开始吹嘘"我的异乡"。"学校附近各国的餐馆都有，有几家做韩国菜还蛮正宗……哎，我经常去不同的餐厅吃饭。"我爸站在一旁，和亲戚交换一个只可意会不可言传的得意眼神。而我自己完全没有想到，自己说话时穿着前襟一团污渍的棉袄，袜子上还有洞，我的吹嘘是多么的没有说服力。

有句话说得好，"未老莫还乡"，大学生回家算什么呢？"告老还乡"自然算不上，"衣锦还乡"也说不过去。还是更像"省亲"吧，是个稍微正规的仪式，在返乡的巨大喜悦中，总有些做作的成分，免不了一些虚假美化的吹嘘。人间别久不成悲，人间别短又多别扭。

"未老莫还乡"的下一句是"还乡需断肠"，大概只有在真正落魄归家的游子眼里，故乡才会有洗尽铅华的真面目。而那种踏实的温暖与美感，又是不足为外人道的。

桃花乱

○周海亮

人间四月芳菲尽，山寺桃花始盛开。

这里没有山寺。这里只有桃源。

桃源只是村子，散落漫野桃花之间，就像浅红的宣纸上滴落的几点淡墨。姑娘低首垂眉，羞立于一片桃红之间，人面桃花相映红。其时，一翩翩少年手提长衫，与姑娘相视而笑。少年说，又一年了。姑娘说，又是一年。少年说，你一点没变。姑娘说，你也是。少年说，一会儿，我就得走。姑娘说，知道。姑娘淡绿色的罗衫在微风中轻轻飘舞，缤纷的花瓣很快迷住她的眼睛。少年英俊魁梧，玉树临风，脸庞如同刀剥。

是他们第二次相约。第一次，也是这片桃林。少年持一把纸扇，对红吟诗，姑娘就笑了，忙拿手去掩，那手，却白皙几近透明。乍暖还寒，怎用得上纸扇？少年装模作样，少年是装模作样的书生。

就这样相识，就像崔护在长安南郊的那段往事。少年知道那段往事，他也希望给自己留下佳话。于是他为姑娘留下纸扇，又偷偷带走了姑娘的芳心。

第二次相约，少年仍然一袭长衫，只是手中不见纸扇。正是日落时分，纷乱桃花之中，他与姑娘的脸，近在咫尺却又远在天涯。春意盎然，到处都是踏青的行人，阳光如同流淌的金子，空气好像弥散开来的蜜。少年问，明年我还来么？姑娘侧过身子，袖子掩住了嘴。桃花人人可赏，公子为何不来？说完，扭身走向桃林深处。她的身子很快掩进一片桃红之间，少年的目光于是变得痴迷凌乱，做了一个打扇动作，却忘记手中已无纸扇。

第三年，第四年，少年依然来此赏花，姑娘依然到此守候。第五年，第六年，少年依然一袭白衫，姑娘依然一抹长裙。第七年，第八年，少年的目光焦灼不安，姑娘的表情起伏难定。第九年，第十年，少年一点点老去，棱角分明的下巴上长满胡须，姑娘也不再年轻，脑后甚至绾发成髻。两个人隔着纷乱的桃花，相视而笑。

少年说，又一年了。姑娘说，又是一年。少年说，你好像瘦了。姑娘说，你有点老了。少年说，一会儿，我就得走。姑娘说，知道。姑娘淡绿色的罗衫在微风中轻轻飘舞，缤纷的花瓣悄悄迷住她的眼睛。忙抬手去擦，那双手仍然白得几近透明。姑娘娇小玲珑，婀娜妩媚。红唇好似花瓣，身段如同柳枝。

少年问，明年我还来么？

姑娘回答，桃花人人可赏，公子为何不来？

少年说，不，我不来了。少年久久地低下头，看一地乱红纷杂。他说今天，我想取回我的纸扇。

姑娘愣怔，娇小的身子扶了桃树，整个人轻轻地晃。少年跨前一步，却咬咬牙，不动。我想取回我的纸扇，他说，十年光阴，纵是纸扇也可以老去。

没有纸扇了。姑娘说，纸扇被姐姐带进了宫。

纸扇被带进了宫？少年吃了一惊。

是的。姐姐被皇上招了妃子……她什么都没有带走，唯独带走那把纸扇……其实她不喜欢进宫……她被招了妃子，是爹的主意……

可是怎么会是姐姐……

因为我是妹妹。姑娘笑笑说，事实上，第一次与你在桃林中邂逅的人就不是我，而是我的姐姐；你的纸扇也并非给了我，而是我的姐姐；你一直等候的人，更不是我，而是我的姐姐……

你为什么一直不肯告诉我？

因为你没把我认出来……我和姐姐长得并不像，可是你还是没有把我认出来。我在想，你痴迷的究竟是谁？是人，是桃花，还是心境？第一次，你竟连她的模样，都没有记清……

因为没有第一次。少年苦笑，扶住一棵桃树，没有第一次，我与你的相约，其实只有九年。

可是明明是十年……

不，是九年。少年说，十年前你的姐姐在桃林中邂逅的人并不是我，而是我的哥哥。

这怎么可能？姑娘的身子开始轻轻地晃。

是的，是我的哥哥。他在赶考途中突发急病，客死他乡。临死前他嘱人告诉我，来年春天，一定要去桃林讨回他的纸扇，如果有可能，将他的死讯也告诉她……他知道那姑娘喜欢他，他不想让姑娘等他……

可是你没有告诉我……

我怕你伤心……我以为你就是她……更可怕的是，我发现自己喜欢上你……

可是你从来没有说过你喜欢我……

因为哥哥喜欢你。因为我认为，你喜欢的人，一直是我的哥哥……

所以你把这个秘密隐瞒了九年？

你也是。

两个人默默相对，不再说话。春意盎然，到处都是踏青的行人，阳光如同流淌的金子，空气好似流淌的蜜。少年跨前一步，盯着姑娘毛茸茸的眼睛，说，两个亡去的人，竟让我们浪费掉整整九年。姑娘微微一笑，从一片桃花中闪出，说，如果没有他们，我们也许会浪费掉一辈子。姑娘低首垂眉，羞立于一片桃红之间，人面红若桃花。少年手提长衫，再跨前一步，与姑娘相视而笑。其时，空中飘起绵绵春雨，很快打湿两个人的衣衫，以及眼睛。

桃花乱，乱人心。雨中草色绿堪染，水上桃花红欲燃。

真情如梦

○关汝松

刘老太太是什么时候加入到宿舍前的人群中的，没有人注意到，很多人家中都雇了保姆，有看孩子的，有做饭的，不管城里人乡下人，大家都在挣钱，无所谓。

小王是这个楼里的住户，她怀孕了，身子很笨，也跟大家在楼前说说笑笑，坐在小椅子上聊家常，刘老太太常常在她的身边。刘老太太带着个小女孩，两岁了，很可爱，也很调皮。那女孩在小王跟前玩时，有一次竟然像在她母亲的怀抱里一样，把头靠在小王的肚子上，刘老太太喊她："快起来，阿姨肚子里有小宝宝，你别碰着了！"那女孩笑着，站起来撩起自己的衣服，拍着小肚子说："我肚子里也有小宝宝！"把所有人都逗乐了。刘老太太把她拉过去，往她的脸上刮了一下说："不知羞！"

后来小王的身子越来越笨了，还得到菜市场去买菜，回来自己做饭，刘老太太就问她："你丈夫在哪儿工作？他不能回来做饭吗？"小王说："他在公司上班，很忙，有时加班半夜才回来。"刘老太太说："你要不嫌弃，我帮你好了。"小王喜出望外，不用找来了个钟点工，太好了。

当然，小王是明白人，刘老太太是有任务的，那就是看孩子，小王于是在刘老太太帮她买菜和做饭时给刘老太太照看那孩子，除了逗孩子玩，还给孩子讲美人鱼的故事，白雪公主和七个小矮人的故事，有时还教简单的汉语拼音和看图识字。那个孩子的家长知道后非常高兴，他们正在为孩子的智力开发发愁呢，刘老太太就找了一个好教师。他们要给刘老太太涨工资，刘老太太拒绝了，她说她帮助那姑娘是那姑娘确实需要帮助。

小王中午在单位食堂吃饭，所以刘老太太只是帮助她做晚饭，但她很认真，每次都让小王提出所需要的营养食品，她买菜时尽量注意。另外，刘老太太在小王家做饭时很谨慎，她知道如今城市里的人特别注意保护自己，所以她从来不去厨房以外的地方，饭菜做好了就接过孩子下楼。

只有一次是例外，小王把随身的小包掉到卧室的地板上了，她想自己拾起来，可是肚子太大，身子太笨，弯不下腰去，就喊刘老太太。开始一切都很自然，后来刘老太太看到桌子上一张发黄的老照片时身子抖动了一下。

小王说："你怎么啦？"

刘老太太说："这是——"

小王说："这是我爸我妈结婚时的照片。"

刘老太太说："那，他们现在呢？"

小王说："他们病故了。"

刘老太太没有再说什么，眼睛里含着泪水。小王想，老年人可怜老年人，这老太太热心肠哩。

不久，小王住进了妇产医院，生了一个同样可爱的小女孩，这回丈夫有了假期，可以照顾她了。到了家里，她想起刘老太太，除了她做的可口的饭菜，还有和她在一起的日子十分令人怀念。小王就跟丈夫说了，丈夫说，那好说，咱们还像钟点工那样请她，给她报酬。

宿舍楼前依然热闹，但不见刘老太太的踪影。小王就让丈夫问，看她是给谁家看的孩子，想办法请她到家里来一下。丈夫很快找到了那户人家，人家说刘老太太已经辞去工作，不知道去向，只是留下一封信，说是给你们的。

小王急忙打开信，见有一沓纸币，还有一张纸条，写着这是小王给她的做饭的钱，另外还有一张翻拍的照片。小王看了脸上悲喜交加，很复杂的表情。

丈夫说："怎么回事儿？"

小王说："你仔细看，照片上的这个女人是谁？"

丈夫看了，照片上的男人是小王的父亲，而那个女人，虽然是年轻时候照的，却明显看出是刘老太太当年的身影。他们惊诧不已，小王更是感到不可思议，这个和自己没有血缘关系的女人竟然是自己父亲的前妻。

一切都发生在现实中，一切又仿佛发生在梦境里。

小王流泪了，她终于忍不住双膝跪地，朝着窗户外面遥远的地方颤抖着声音喊了一声：

"妈妈！……"

爹是天空我是鱼

○积雪草

爹40岁得女，是我。

爹把我像宝贝一样捧在手心里。我没有让他失望，凭着自己的努力考上了一所理想大学的财会专业，毕业后留在了城市里，在一家公司里做会计。

尽管我还没有能力接爹来城里和我一起生活，但我相信凭我的努力，这不会是太遥远的事儿。

过年回家，我总是给爹买大包小包的礼物，穿的，戴的，吃的，用的，都是山里见不到的东西。爹一边用手指轻轻地摸着礼物，一边嗔怪我：又乱花钱，我啥也不缺。这些钱攒下来，留着出嫁时自己买嫁妆。

我冲他嚷，谁要嫁人啊？我要守着爹过一辈子。

爹嘿嘿地傻乐，就怕到时候，我用绳子都拴不住你。

工作一年后，同事给我介绍了一个男朋友，叫常安。小伙子长相不错，又知道疼我，只是有些郁郁寡欢，一副怀才不遇的模样。我安慰他，只要我们努力，别人有的一切，我们都会有。

过年的时候，我兴致勃勃地带他回家给爹相看，只要爹点头，我们就可以把事情办了。

听说我要带未来的女婿回家，爹高兴地把养了多年的鸡和鹅都宰了，忙了整整一下午，置办了一桌子酒席。

酒足饭饱。夜深了，爹把我拽到一边：小菊啊，这小伙子什么都好，但是看人的眼神飘忽不定的，怕是靠不住。听爹一句，回去就散了吧！说温和点，别伤着人家。

我歪着头看爹，我什么都听爹的，可是这次不能听。我说，爹，你不了解他，常安人可好呢，心灵手巧，非常疼我。

爹叹了一口气，说，丫头啊，这次你得听爹的，爹活了几十岁，不会走眼。

我梗脖子，用手捂着耳朵使劲摇头。

爹忽然像打雷：不听你就给我滚，永远别再回这个家。

我吓了一跳，从小到大，爹从来没有用这样的语气跟我说话。眼泪喷出来，在脸上肆意横流。我气狠狠地说，爹，这话是您说的，您可别后悔。

离开家时，我心里特不是滋味。爹不懂，我有多么喜欢他。等将来我们在城里有了自己的家，有了出息，爹的说法就会不攻自破，到时候再接爹和我们一起过。走出去老远，看见爹还在门口站着，手里牵着一只羊，呆呆地看我离去。

有一天，常安兴冲冲地跑来找我，说要和朋友合伙做一笔生意，急需五万块钱周转。我跳起来，我参加工作才一年，哪来这么多钱啊？他看我着急，一脸诚恳：把你们公司的钱挪五万给我用，很快就会还上。

我吓了一跳，那钱不是我的，犯法的事儿咱不能做。

他劝我，不是真的让你贪污，月底，神不知鬼不觉地把钱还上，没有人会知道。等挣到钱，我们就买房子结婚，再把你父亲从乡下接来，和和美美过日子。

我没有抵得住诱惑。

事情的发展像劣质电视剧一样俗套，但对于我却具有摧毁的力量。一天，我打常安的手机，关机。第二天再打，还是关机。到单位去找他，得知他很久没到公司上班了。

我知道出事了，眼前发黑，踉踉跄跄回到出租屋。突然想起爹的话：他目光游移不定，必是一个靠不住的人。

整整三天，我吃不下饭，睡不着觉，听到别人说一个"钱"字就能让我心惊肉跳。我低声下气，四处借债，眼瞅着离月底交账只剩一周，我才筹到五千元。

绝望。我想到了死。在大街上苍蝇一样转悠，忽然想给爹打个电话，忽然想听爹叫我"小菊丫头"。

晚上十点了，听得出爹慌忙的脚步声。爹是一路小跑到邻居家里听我电话的，听爹叫"小菊"，我再也忍不住，在马路上放声大哭。爹等我不哭，问：出事了，是吗？我说没有，我想爹了，天冷，爹保重。

爹在我挂电话前大吼：不管出了什么事儿都别犯傻，天大的事儿有爹呢！

我也大吼：告诉您也没用，五万块钱呢，拿什么还?!

我忽然惊醒，怎么把实话告诉爹了！我真浑！

回到出租屋，昏昏沉沉睡了两天。睁开眼时，爹坐在我床前。

爹摸我的额头，滚烫：小菊丫头，你发烧了。

烧开水，爹一勺一勺喂我。接着，他像变魔方一样从尼龙绸包里摸出一个纸包，用报纸包了一层又一层。是钱，整整五沓。

爹说，咱家的房子，咱家的牛，咱家的羊，还有咱家的苹果树，都让我卖了，又借了点，凑足了五万。从现在起，我无家可归了，小菊丫头，你可要有良心，要收留我啊！

我抱着爹，哭了，又笑了。

爹是我的天空，我是爹的鱼，我在爹的天空里自由自在地翱翔。

地里长出一棵花

○张国柱

那棵花果然开了。

花朵碗口般大，层层花瓣柔软舒展，在白皙的阳光下红得夺目。花蕊蓬蓬松松，在干裂的地里黄得耀眼。

花一开，果真下起了雨。细细白白，像老婆手中擀出的面条，柔软绵长。

玉米苗、谷子苗、高粱苗，连那小草，都一下子绿了，伴着"噼里啪啪"的拔节声，在雨中边舞边跳。

"我说那真的是棵花嘛，我说那花开了后就会下雨嘛，死心眼的偏偏不信，这回信了不？"男人大叫，但无人应声……男人猛地从床上坐起来。又是这个梦！

才五点，儿子还在沉睡。看着儿子，男人有点内疚。昨晚临睡前，儿子把刚写的作文拿给男人看："今天天气真好，晴空万里，白云朵朵……"

才看了一句，男人就把作文本扔到了墙角："什么好天气，去去去，别烦我。"儿子不知道男人为什么生气，躲在床角抽泣着睡去了。

老婆早起床了，一定又去排队接水了。犟老婆！

那天晚上，男人看着老婆被扁担磨得红肿的肩膀，心颤颤的：每天都要早早去排队接水，纵然这样，一天也只能接到一罐水；且得用地排车把水罐拉到地头，再一桶桶担进地里，用舀子一勺勺浇到玉米苗下。纵是万般小心不浪费一滴水，一罐水也浇不了二分地的玉米苗。经常不等浇完最后一棵，第一棵浇下的水早没影了。

男人和女人眼睁睁地看着玉米苗一棵棵蔫下去，枯开来，最后干干地趴在地上，像是在等待着随风消散。一同消散的，还有男人女人这些天的坚守和期望。

女人抚着干枯的叶子，哭了。低低的呜咽声，顺着地上的裂缝，四面散去。男人叹一口气：唉！太阳悄悄隐去了光芒，藏到云里。

反正无济于事，就放弃吧。男人无奈地说："娃他娘，明天咱也和他们一样，不去排队接水了。爱怎么着就怎么着吧，春茬没了，还有麦茬，麦茬没了，还有秋茬，这一年三茬，老天总得给咱留一茬吧。"

女人看着男人憔悴的面容，叹口气："听你的。现在水房的井里也没多少水了，再这样下去，怕是两天也分不上一罐。唉！心都干了，哪还有心思管玉米苗的死活呀！"

才过了三天，这罤女人怎么变卦了？

水房外接水的人排成了长龙。男人赶到时，女人已经弓着腰拉着水准备往地里走了。男人心疼地骂："不知死活的女人，那天不是说得好好的嘛！你要是舍不得那几棵玉米苗，我来就行了，你争个什么争呀。"

女人嘴角泄下一丝苦笑，好像有点不好意思："我，我是怕干死了地里的那棵花。"

男人不说话了，眼睛往地里眺去。

那棵花，是在半个月前长出来的。男人也不能确定这是不是棵花。当时男人和女人争论了半天，最后男人说："咱这一带的庄稼和野菜，我全认识，这个不是庄稼也不是野菜，不是花还能是什么？"

让人奇怪的是，地早就干得石头一样硬，连草都不长了，这花竟然还能水灵灵地钻出来！于是，再去浇玉米苗时，男人总不忘留一勺水浇这花。这花也真争气，刚发现时，才两指高，隔三天，就一尺高了，才十来天，就高过膝盖了，以超乎寻常的勇气旺盛着。

"怪！"男人说，"这一定是神花，我敢打赌，花开的时候，就是下雨的时候。"女人就撇嘴："得了吧，还神花呢，说不定是棵野菜呢。"男人晃晃肩上的扁担："甭不信，我早晚要把它浇得开花给你看看。"

三天没到地里了，这花会不会也像那干枯的玉米苗一样没影了？

天好像没有早晨和中午之分了。太阳一从山顶转过来，就毫无理智地喷出了火。停下地排车，男人手抹着额头的汗水，目光就去寻那棵花。三天不见，地里的玉米苗又明显地萎蔫稀疏了不少，那花却日渐高大，在暗灰的玉米地里，显得水灵而蓬勃。男人奔到花边，仔细端详着：这花竟然分出了几个杈，每个杈上，都顶着一个娇羞的花骨朵呢！

男人欣喜地冲女人大叫："快来看，这花有骨朵了，要开花了。昨天晚上我又做了那个梦，花开了，还下了好大好大的雨呢！"

女人急急走过来，围着那花转着，惊喜地说："还真的是棵花哩！"

接下来男人和女人开始担水浇苗，火辣辣的太阳下，两人干得坚定而欢快。

剩最后一勺水了，女人端着向这花走来，忽然身子一趔趄，一勺水洒得精光。女人心疼地盯着地下的水，冲脚下的坷垃狠狠地踢了一脚，坷垃干硬干硬的，硌得女人皱起了眉。

男人才要骂，又改了口："算了，算了，不就一勺水嘛，洒就洒了吧，别硌坏你的脚。"

"可这花……"

男人围着花转了两圈，皱了皱眉，解开腰带，使劲挤出半泡尿撒到花下。女人脸红了："没羞没臊的，也不怕别人看到。"男人"嘿嘿"地笑了。

女人盯着那花，脸上又溢出点喜色："他爹，你说这花什么时候开？"男人说："快了，快了，是花总要开的，是天总要下雨的。"

女人点点头："那明天还去接水吗？"男人把腰带又紧了一扣："去！咱既然把这庄稼种下了，就不能不管它们，这是本分！"

有云飘来，阳光温柔了许多，男人女人的眉头舒展开来，像曾经沐过甘霖的叶子。

有风吹过，花儿晃晃身子，男人女人便满眼的摇曳多姿，仿佛花儿将在瞬间开放。

有声音，轰隆轰隆地响，像是雷声，自遥远的天边响起……

二十岁的年轮长在夏天

○孩　子

　　说一件令我自豪的事吧，那件事让我觉得我特水泊梁山。那件事发生的时候我还没摸到二十岁的边儿，所以一身夏天的味道，很繁茂。

　　一九九九年入夏，我们坐上了去上海的火车。这之前，我们刚刚接受了所谓的专业学习，说白点儿，我们刚从一个技校毕业，抱着臃肿的梦想，去上海打工。我们几个并不熟悉，只是一个学校的校友，拥有类似的梦想让我们坐上了同一班车。火车到苏州的时候，坐我对面的绍绍提议下去一下，说是踏一踏有全国最好园林的城市。这想法酸了点儿，不过却招来了我们热烈的赞成。可能是我看起来最老实，所以被留下来看包，他们几个簇拥着出主意的绍绍欢天喜地地去了。

　　回来没两分钟，绍绍就"啊"的一声惊叫起来，钱包没了。绍绍的钱包里有他这趟梦想之行的所有盘缠，还有火车票、身份证以及所有能装进钱包的东西。钱包可能是丢了，也可能是被偷了。在有着全国最好园林的土地上丢了钱包，我以为浪漫的绍绍该荣幸的，谁知他却一直哭丧着脸。同行的几个都惋惜着愤怒着，谁也拿不出解决的办法来。

　　在上海火车站，一群人作鸟兽散，各自去找自己的朋友和老乡，绍绍则被火车站当成逃票的给扣了。眉头都没皱，我就把我的钱拿去给绍绍补了火车票缴了罚款。为此，绍绍忽然改变了主意，不去他女朋友那儿，他说他一开始就没想要去女朋友那儿，他不是吃软饭的。于是，绍绍跟我一起到了城乡结合部，租了间房子，找工作。

我想我自豪的原因出来了，因为绍绍说他将是我最铁的朋友。

我的积蓄本就不多，加之两个人用，很快我和绍绍就从偶尔喝点儿啤酒到掰着指头算伙食了。一个月过去，逛遍了上海大大小小的人才市场，不知是我们的要求太高还是上海的工作要求太高，我们俩一个也没被收留。绍绍很快坚持不住了，穿过上海到他女朋友那儿谋出路。走之前，他说他已经跟我共过苦了，一定要同甘的。

绍绍第一次回来看我的那天是我生日，绍绍给我带了个巴掌大的煤油炉，说是他女朋友刚到上海时买的，现在他们用液化气灶了。除了煤油炉绍绍还带了个好消息，他有工作了。

绍绍没说让我过去的事。可是当初走时，他说，他一上班就让我也过去的，同甘共苦嘛。绍绍不说，我当然也就不好提这事。绍绍住着他女朋友租的房子，我理解他的处境。

煤油炉还真管用，我用它来煮一天的两顿饭，中午白水面条，晚上白水面条。但很快我还是熬不住了，把找工作的档次从人才市场降到了职介所。

在胡同口那家小卖部，我第一次让老板娘对我笑了笑，因为我一下买了五斤挂面。平时我都是一斤半斤地买，老板娘早就用鼻孔告诉我她的不屑了。趁着老板娘笑的时候，我提出了预谋很久的要求，阿姨，如果有我电话，麻烦喊一声。

上海的酷夏是蚊子告诉人的，当蚊子能把一个人从半夜里咬醒，那就是三伏天了。绍绍嫌热不肯再过来看我，只打电话，闹得每次我都以为是哪个公司的大门朝我敞开了，空欢喜一场。绍绍说他学会上网了，好玩，让我上网跟他聊天儿。

我已经两个月没理发了，我准备等工作找好了再理，省点儿是点儿。至于上网，就算了吧，上网一个小时够我买三斤挂面的。

房东催房租的吼声再一次响起时，我正拆开最后一包挂面准备煮中午的面条，挂面竟然有一截发霉了。我怒道，肯定是老板娘为了压秤喷了水，只能扔了。房东不理我的插科打诨，只逼问我到底哪天缴房租。就在这会儿，小卖部的老板娘不耐烦的喊声来了。我挣脱房东的纠缠跑到小卖部，电话已经挂了，老板娘只说是个蜡烛厂打来了电话，包吃住月工资三百问我愿不愿意去，去的话就按那个号码打电话回去报名，第二天就可以上班。

我当场就想把唾沫从电话线里吐过去，在上海月工资三百，童工都不会愿意干。

山穷水尽，我想我得动用绍绍这张牌了。家我是肯定不会回去的，混到这地步，穷死也不能回去。那我只有绍绍这条路了，我想绍绍不会拒绝的，即使不提报恩这么俗的话题，凭我们的关系也不该有问题。于是我找了个磁卡电话。卡里没什么钱了，我得先给绍绍打，如果多聊几句没了钱，蜡烛厂那个骂人的电话我就不打了。

听见我的声音绍绍很高兴，提着音调嚷：我上网呢没空跟你说，找个网吧，网上聊。

无奈，我只能捏着我的家底儿找网吧上网。没有浪费一点儿时间，我说了我的处境，并委婉地表达了想去他那里的想法。绍绍说他女朋友就在他旁边，他请示一下。一会儿，绍绍回话了：兜兜，欢迎欢迎，回头我赶紧去抱条狗来养。

我笑了，为什么要养狗啊？绍绍打了个笑脸，等你来了我可以放狗咬你啊。

毕竟经历了两个月网络生活的历练，绍绍的回答太巧妙了，我一下就明白了是什么意思。

走出网吧的时候，上海的夏天正旺盛着。止住了太阳带给我的眩晕，我忽然想起那包发霉的挂面还不能扔了，等会儿打完电话我还得用它，因为到明天上班之前，我还要把肚子填饱两次呢。

两位深夜出发的父亲

○张铭书

父亲是夜里十点多钟接到那个奇怪的电话的。

白天，父亲收拾菜园子，挖了一天的排洪沟，到了晚上，腿硬得像两根棍子，不能打弯，所以一推碗就早早躺下了，电视也没力气看。然而，那个突然而至的电话，却让父亲陡然变了个人，一下恢复了活力，所有的疲劳全不见了。他立刻手脚麻利地穿衣起床，动作迅速得像年轻时在部队里听到集合号一样。然后一边系纽扣，一边从屋子里推出那辆破旧的自行车。母亲披衣追出来，塞到他口袋一点零钱，又递过一件肥大的棉皮夹克。皮夹克是儿子小林早年穿旧淘汰下来的。时令刚过清明，夜间的寒气还很重。就这样，父亲朝着黑夜出发了。

从村子到县城，三十里地，全是曲曲弯弯、疙疙瘩瘩的乡间土道，自行车在上面一蹦一蹦地走，颠得骨头几乎散架。父亲费了一个多小时才到达县城，将自行车存放在北关做豆腐的老乡那里，步行到东关汽车站。汽车站亮着灯，却找不见一个人影儿。父亲逡巡好久，只好退到外边，立在大路旁拦车。好久才有一辆，父亲拼命挥舞双手，但人家好像没看到似的，根本不减速，嗖一下就过去了。父亲不住叫苦。这时，另外一条街上，缓缓驶着一辆巡逻车，红色的顶灯一闪一闪的。父亲惊喜万分，赶紧扯起喉咙大声呼喊。巡逻车改变了原来的方向，朝父亲开过来。跳下两位警察，问明情况，然后一起站在路边帮父亲拦车。一连几辆，方向都不对。这时，其中一位警察突然想起，搬运站里有一辆拉蔬菜的货车，经常夜间出发，就用巡逻车将父亲带到那里。搬运站里果然停着一辆大车，一群工人正在灯下忙忙碌碌地装土豆。父亲参加进去，扛了半个小时的土豆。好不容易装完，才在老板的恩准下，千恩万谢地，偏着身子挤进驾驶室座椅后面狭小的空间。两个小时后，货车抵达了儿子小林居住的城市。

凌晨三点，整个城市都在沉睡的时候，小林家的门被急促地敲响。小林趿拉着拖鞋去开门，半截身子还在梦里。这时，无论如何，小林也不会想到会是父亲。

此时的父亲，黑皮夹克几乎变成白色的了，头发被风弄得很乱，眼窝和鼻凹里全是土。

小林这一惊非同小可，另外半个身子飞快地从梦里挣扎出来，眉毛飞到了天上："您怎么这时候来了？"

父亲并不回答小林的话，用疑惑又焦急的目光上上下下打量小林，急切地问："你没啥事吧？"

小林很奇怪，说："我能有啥事？能吃能睡，幸福着呢。"

父亲一下生了气："没啥事，那你哭什么？"

小林更摸不着头脑了："我啥时候哭了？"

父亲："你晚上往家打电话，哭得老牛似的，只叫了一声爸，就开始呜呜地哭，里面还有摔东西的声音和小孩子的哭声，好像是我孙子。我正要问咋回事，电话却突然挂死了。紧跟着，我就拨你的手机和你家的座机，一个都不通。我和你妈都吓坏了，扔下电话就往这儿赶。"

小林的手机，每到夜里十点设了自动关机。昨晚的座机，被妻子霸占着和远方的同学大煲电话粥，所以一直占线。

小林马上明白过来："一定是电话打错了。"

父亲不信，溜到孙子的小卧室去看，小家伙正四仰八叉地酣睡，脸上还残留着一个头天晚上的顽皮的笑。父亲给自己的孙子掖好被角。这时，小林妻子也起来，和颜悦色地给父亲倒水。没有任何反常的迹象。父亲这才终于放下心来，浮出一个疲惫的笑，神情里有一种如遇大赦般的庆幸感，连连念叨："没事就好，没事就好。"

小林也松下一口气，说："你看这事弄的，你看一下来电显示不就明白了吗？"父亲不好意思："咱庄稼人，哪懂恁多？"两只手在口袋里乱摸，摸出一个空烟盒来。

小林赶紧去卧室的床头柜取烟。再出来时，仅几秒钟的工夫，父亲已歪在沙发上睡着了，眉毛上还挂着土。

望着父亲那张黧黑瘦削、沟壑纵横、如揉皱的破布一般的脸，刹那间发觉父亲真的已经很老了。小林赶紧移开目光，不忍再看。

第二天早上，小林起床的时候，父亲已洗漱完毕，正端坐在沙发上抽烟。

吃完早点，小林嘱父亲住下，中午弄两个菜，好好陪他喝两盅。

父亲却执拗地说："不住了，家里的沟还没挖好。"腋下夹着那件已脱了漆的皮夹克，起身就走。小林知道拦不住他，就和儿子送他下楼。已走出几步，又返身回来，恶狠狠地警告小林："你小子给我记住，以后手机不许关机！"

晚上，小林给老家打电话。父亲早已到家，说，已经学会了查阅来电显示。这一查不要紧，结果发现，那个误打的电话，是隔壁韩老四的儿子的手机号。韩老四和父亲家的电话，只差了一个数字。韩老四马上给儿子拨过去，得知小两口正生气，急得不行，晚饭也没吃，立即动身，准备星夜赶到儿子身边去。

小林放下电话，眼前仿佛出现了另一位父亲在无边的黑夜里长途跋涉的情景。

怀念鹰

○陆振波

对你的死去，我想我负有责任。

因此，我怀着些许的哀怜和歉疚来怀念你。希望你也有灵魂并且你的灵魂飞在附近，可以听到我对你的哀悼。

你飞来船上的时候，西边天上斜挂着渐落渐暗的夕阳，夕阳上的云和夕阳下的水，红成一片愈看愈浓的血色空间。这时候我们已放好了网，船和网由缆绳牵连，随波逐流。我照例在这个时候打开桅杆上的信号灯，吩咐下边的人要节约用电。

这时我就听到了下面的甲板上吵成一团，十几个人大呼小叫地捕捉着一只大鸟。

那鸟好大，展着双翼在船的上空疲惫地盘旋，欲飞无力欲落不能。

那鸟，灰羽褐斑，盘面钩嘴，看一眼我便知道是鹰。

你一定是迷了航向，想来船上栖息养神。我瞥一眼卫星导航屏幕，北纬32度46分，东经125度33分。

离陆地已是两百多海里了，鹰啊，你再难飞走，今夜必须与我们相依为命。

将你捉住关进笼子里，这是我的错误决定。

捉住你是必要的，因为你在我们的船上不可能生活自理。

船上尽管有丰富的淡水，但你是不会拧水龙头的；船上还有不尽的鱼虾，可是我知道你在陆地上吃惯了蛇虫和鼠类，不可能一下子换了胃口。

所以要把你捉住，嘱人饲养。

捉你的是大吴，他在月也朦胧灯也朦胧的夜里网住了你。

之后，他问我：老大，杀了吃肉吗？

一个男人不知道容忍一只鸟的生存，我忍着愤慨，从大吴手里接过你，解开了捆绑你的绳子。

你的黄腿黑爪，瘦骨嶙峋，却出奇的有力，只是一划而过就剐破了我的手，滴滴答答，我的血染红了甲板。

我救了你而你却伤害了我，于是一船的人又有了杀你吃肉的理由。厨师老彭说要把你炖在高压锅里煮三天……最终，我还是把你放进笼子里，并嘱咐所有人都不许虐待你。

晚餐后回到船长室，我才想起包扎伤口。

好在伤了左手，不影响我提笔写字，那天，我的日记里有你。

我还用电台和其他船上的朋友聊起了你，同时聊的话题还有我少年时曾有过的驾着雄鹰遨游太空的理想。

还是这个夜里，我又梦见了那个曾经是我最爱的名字叫做英的女孩……之后，半夜无眠。

第二天早早地起来，收网之前我特意下去看你，你却惶恐地审视着我，不敢动一动。

我笑笑，对你说：朋友，早上好！你似是读懂我的友好，在笼子里向我走近，或许你是激动，抬脚就踢翻了供你饮水的盘子。

我只好亲自为你换了干净的淡水，之后吩咐厨师老彭：以后，储藏仓里的猪肉不许再吃了，留下喂鹰。

一船的人听了，个个目瞪口呆，敢怒而不敢言。

由于我的精心照料，三五天之后，你就羽翼鲜亮，昂首挺胸了。

想必这时候将你放飞，任他千山万水你也是无不能往的。

我也看到，你的眼神忧郁，哀哀地望着笼子外面的天空。

于是，一船的人都求我放了你，给你自由。

其实我知道，他们不是真心想还你自由，而是因为只有放了你，他们才可以吃到猪肉。

我说，留下吧，等返航了，靠近岸边再放。保险。

馋嘴的苏江有些不满，对我发牢骚：你把猪肉全喂了老鹰，天天吃鱼，我的肚皮上都长出鳞片了。

我瞪他一眼，说，你昨天还吃过梭子蟹呢，难不成你回家就会让你老婆生出个甲壳虫来吧？

十几天之后，我们终于满载而归。返航的时候我对你说，就要自由了，我的朋友！然而我又意外地发现你没了精神，蔫头耷脑地缩成一团。

我埋怨老彭失职，没有把你饲养好。

老彭喊冤，他说每一餐都把猪肉端来，只是你吃得越来越少，怕是生病了。

我恍然大悟，是啊，在小小的牢笼里吃着单一的肉食，你怎么会不生病呢？可是已经晚了，当我们进港后把你放飞时，你已经飞不高了。

你绕着我们的船盘旋了几圈，似是留恋，许久才依依不舍地飞向岸边。

我担心你，用望远镜一直跟踪着看你，似是在看当年与我洒泪而别的那个女孩。

终于，你还是飞到了岸上，在一块生满牡蛎的石头上落下来，懒得动一动。

我不能原谅那些看海的游客，即使他们不知道你累了、病了，也不该拿石头向你砸去。一大群的游客，在谈笑间，比赛着把你当做投掷的目标。我看着，却不能飞去救你，我把被你划伤过的手指放到嘴里使劲地咬，使劲地咬。

我不知道当初为何要救你，也不知道为何因为你的死而伤感。今夜，我在这里怀念你，你是否有所感觉？现在，我又拿出手机看你的照片，眼睛擦了又擦，仍然是一团的模糊。

丁香花开

○陈　黔

那年，他们十八岁。

军医大学校园里，青草嫩绿，枝叶浓郁。穿上军装的他们，年轻的心灵中饱含着绿色的梦想……

那时，男生和女生的宿舍楼离得很近，中间隔着一片小小的丁香林。又仿佛离得好远，因为他们极少交谈。

第一次见到丁香花开，可把女生们高兴坏了。一天，吹完起床哨，赵民打开窗户，立刻发现对面本区队女生宿舍的窗台上，放着一瓶盛开的丁香。丁香花开得好美，而身为区队长的赵民心中却是一团怒火："前几天队长才宣布了纪律，今天竟有人胆大妄为！抓住这个违纪的女生，一定得狠狠地批一顿。"

区队集合后，陈湘从女兵班里站了出来："丁香是我采的，要罚就罚我一个人好了……"赵民气得厉声宣布："写份深刻检查，全区队宣读！"

事后得知，女兵班那天有个女生病得很重，想看看盛开的丁香花，于是，陈湘便冒了次险……

从此，再没有发生"采丁香事件"。

但是，以赵民为首的男生和以陈湘为首的女生却进行着激烈的较劲儿。

第一期专业成绩公布——陈湘第一，赵民第二。军事科目下发——赵民第一，陈湘第二。

又是一个丁香怒放的时节。两年一度的学校"赛诗会"举行那天，陈湘的心中很紧张，因为这不是一次平常的即席发言，这关系到女生班乃至学员队的荣誉。陈湘只觉得走向赛台的路好长……配乐响起时，陈湘无意中一抬眼，看见赵民带领一大群本区队的男生站在阶梯教室的最后一排，用鼓励的眼神看着她。陈湘笑了，那首诗从她口中流出，格外动情……

从此，年级足球联赛上，少不了女生班的拉拉队。队员们一下场，马上就有女生递来可口的凉茶。

随着区队在各项学习和比赛中争得的第一越来越多，赵民冷峻的脸开始变得柔和。一天，看到陈湘和几个女生在丁香林中读书，他突然发现盛开的丁香花是那样的美。

转眼间，毕业临近了，赵民自愿报名上高原。战友们沸腾了，将赵民高高举上了天。陈湘在学校里默默攻读着硕士研究生，成千个日夜的奋斗，全都记录在这片丁香林中。

一天，从高原回来的同学打来电话，说没想到赵民在那样艰苦的条件下干出了一番成绩，已经成为部队研究高原病方面的专家了。只是赵民黑了，瘦了，头发也少多了。那天，陈湘一个人在丁香林坐了很久。风像一个顽皮的孩子，不停地吹乱她的长发，也吹乱了她的思绪。

又是一个丁香花开的季节，赵民收到陈湘寄自医大的信："校园的丁香花开得依然年轻，常常让我想起许多年前的往事……我已经通过了毕业论文答辩。如果我到高原来工作，有人接我吗？"

看着那娟秀的字迹，闻着信中滑落的那支丁香花醉人的清香，赵民微微地笑了。阳光温柔地洒在他的身上，远山的林子一片翠绿……他忽然想起许多年前，在校园里唱的那首歌：记住丁香，记住丁香……

父亲的恩惠

○姜　夔

他从来不相信算命、预测之类的玩意儿，但他还是来到这个号称"明镜长老"的僧人面前。这个老僧虽然瘸着一条腿，却是家乡县城颇有名气的人物。

他沉重地叹息着，诉说自己的不幸：几乎打懂事时起，就没人关心他、爱护他、帮助他。长大后高考落榜、竞聘下岗、妻子离异……世界对他来说冷得像个冰窖。他愤世嫉俗，悲观厌世，看破了红尘。

老僧静静地听着，微眯着的老眼满含玄机。他讲完了，眼巴巴地等待着老僧为他指点迷津。老僧慢悠悠地捋着胡须问道："这世上真的没谁在意你、关爱你吗？"

"没有。"他坚定地摇着头。

老僧似乎失望了，眼中凝滞着一层悲哀。良久，才举起指头提出三个疑问。第一问："打从儿时上学到18岁高中毕业，这期间真的没人照顾你、负担你的生活费和学杂费吗？"

他一怔，想到自己蹬三轮车的父亲。上小学六年，不论风霜雨雪，都是父亲呵护接送。母亲早早去世，父亲又当爹来又当娘，为他洗衣做饭，把他拉扯大。父亲10年没添新衣，寒冬腊月里，双脚冻得红肿流血还在蹬车为他挣学费。父亲说："再苦也不能误了孩子读书……"

第二问："人吃五谷杂粮，难免有病有灾。你生病的时候，难道也没人坐在你的床边?"

他脸红了,仍然想到自己的父亲。那年上高二,他得了急性肾炎,在医院躺了一个月,父亲日夜守护在他的身边。为了凑齐住院费,老人家还偷偷地去卖了血……当医生怀疑他是肾衰竭时,父亲哀求医生说:"只要能治好我儿子,我愿意捐肾……"

第三问:"当你落榜、下岗、婚姻变异,遭受挫折磨难时,真的没人与你共渡难关?"

他低头无语,还是想到自己的父亲。落榜时,他在家躺了三天,父亲硬在他的身旁坐了三天,好言好语宽慰他,好茶好饭送到他手边。下岗那年,父亲掏出自己积攒的 2000 元钱,帮他租了一间书报亭……

他抬起头迟疑地对老僧人说:"可是……他、他是我的父亲呀!"

老僧问:"父亲的恩惠就可以不算恩惠吗?"

这一问,像重锤敲击他的心灵。是呀,他真的从没把父爱当一回事,在他的心目中,父亲对儿子的恩惠似乎是天经地义的。他想起自己读初一时同父亲拌嘴负气出走的事。那天,他在街上游逛了一天,饿得眼冒金星,他向卖馍的街坊大伯讨了一个馍,居然感激涕零地说:"我一辈子忘不了你的恩情……"父亲的养育之恩难道还不如一个馍?

老僧人说:"孩子,学会感恩吧——一个连父恩都不记得的人,怎会记得苍天给你的雨露、大地给你的五谷?怎会记得朋友移到你头顶的伞、路人给你的笑容?还有小鸟对你的歌唱、微风给你的爱抚……"

他面红耳赤,惭愧地向老僧作一长揖,告辞而去。

文艺中年帅老爸

○静女棋书

家里就两个男人，我和王英俊。我们相互吹捧，我叫他大帅哥，他叫我小帅哥，简称大帅和小帅。

王英俊的名字虽然土点，但人是真的英俊。每天，王英俊骑着破自行车接送我上下学时，都有若干女人行注目礼，就连那个长了苦瓜脸的女老师，一看见他，都笑得像朵花。我拿王英俊开涮，大帅，你有没有万箭穿心的感觉？他挠着脑袋问我什么意思。我说，那么多女人朝你放丘比特之箭，你就没觉得疼？

虽然王英俊认为我智商不一般，但遗憾的是，我的学习成绩一直不怎么样。这个问题，直接原因是我不用功，间接原因是王英俊对我放任自流。别的家长都是一手拿胡萝卜，一手提大棒，恩威并施，让孩子学习。但王英俊不那样。有事没事王英俊就招呼我，小帅，想去哪儿？我说，去KFC。他说，好。我说，去动物园。他说，好。只要我的提议不是太过分，他都说好。假期里，别的孩子都在家长的安排下，像赶场一样，忙着参加培训班，什么奥数班、英语班等各种各样的班，多得让人眼花缭乱。王英俊问我想参加什么班。我说，我想放风筝。王英俊笑了，说，本帅也有此意。

只有一次，王英俊没跟我商量，就去给我报了周末的美术班。因为我平时喜欢信手涂鸦，王英俊便认为我喜欢画画，并认定我有艺术细胞，不学画就是暴殄天物。为了不辜负王英俊的一片苦心，我乖乖地去上课。可是，我想画风筝，老师偏偏让大家画鸡蛋，这让我很不痛快，心不在焉地，就把鸡蛋画扁了。老师抽出我的大作，说，这位同学，你画的哪里是鸡蛋，分明是鸡蛋饼嘛！我看着他手里那厚厚的一沓纸，幽默了一把，我说，你把我的作业放在下面，鸡蛋当然会被压成饼了。

在美术班混了半年，我就烦了。我跟王英俊说，我快升初中了，学习压力大，不学了。王英俊拍了我一巴掌，说，你小子想得长远，才上小学二年级，就考虑升初中了。

我不学画了，那个培训班的老师却依旧来找王英俊。原来，他看上了王英俊的好身材，想推荐他到美院做人体模特。那老师说，那是高雅艺术，绝无亵渎之意，报酬按小时付很可观。可王英俊把头摇得像拨浪鼓，连声说，不行，不行，光着身子让别人画，那以后还怎么做人？我在一旁不怀好意地撺掇他，去试试嘛，干吗跟钱过不去？王英俊生气了，狠狠地瞪我，小子，记住了，做人要硬气。贫贱不能移，富贵不能淫。

对于王英俊的慷慨陈词，我有点不屑，什么富贵不能淫，他要是不想富贵，干吗天天买彩票？做梦都想中五百万大奖。

但接下来发生的事，却让我不得不承认王英俊确实够硬气。有个女人，漂亮，高贵，拥有一家很气派的酒楼，开一辆很气派的轿车。某天遇见王英俊，立马对他一见钟情，紧追不舍。王英俊支支吾吾征求我的意见，我举双手赞成，我说，大帅，这是好事，以后咱出门有车坐，下馆子不用掏钱，这机会你一定得抓住。王英俊骂我没出息，骂完了，就美滋滋地去约会了。想到以后的日子，又有妈，又有钱，我心里比王英俊还美。但没过几天，王英俊的恋情就夭折了。我问他为什么，他很男人地说，那女人老拿钱吓唬我，你老爸可不是被吓大的。

那晚，为了安慰失恋的王英俊，我主动拿出自己的压岁钱去给他买了两瓶红星二锅头。王英俊喝多了，拉着我的手絮絮叨叨，小帅，你妈过世时我答应过她，不让你受半点委屈。可那个女人竟然要我把你送进寄宿学校，说要跟我过什么二人世界。

我早就知道，我在王英俊心里很重要，但没想到重要到了如此程度。我给王英俊满上一杯酒，又给自己倒了一杯，双手举起来，说，大帅，干了。那是我第一次喝白酒，酒下了肚，舌头就大了，我说，大帅，你不能因为我，耽误了自己的幸福。

大帅醉眼迷蒙地看着我，说，小帅，看着你长大，就是我最大的幸福。

这话太煽情了，我的泪水转在眼圈里，差点落下来。

红孩子

○楸 立

我叫陈延安，但我还有好多其他名字，比如王海、吴小洲、常京京、霍小武等等，这些名字都是在我每次换新家后，爸妈给起的。我不知道爸妈为什么这么做，但我清楚爸妈这么做肯定有他们的缘由。

我说过我经常搬家，昨天在上海今天来到常州，过半年我就又到了南京，我就像爸爸手里那只褐色的老皮箱，无声地四处漂泊。爸妈的真实名字我到现在都不知道，我叫王海时，爸爸叫老王。叫吴小洲时，他自然就随我姓吴了。妈妈长得很美，她是世界上最好看的女人。我记忆里的妈妈很少说话，她总像爸爸的助手。

爸爸妈妈出去办事时，把我一个人锁在木屋里。白天从窗子上向外张望，看到马路上小孩子们穿着花衣服，和他们的爸爸妈妈手牵手上幼儿园、去公园，我心里好羡慕。

可是我不能和孩子们交朋友，不能和周围的人说话，甚至不能在楼下的空地上晒太阳。

巷口有几个梳着麻花辫的小女孩，正在跳房子做游戏，我在窗口向她们摆手，可她们看不到我——能和她们一起玩该多好哇！这时，门开了，妈妈走进来，我急忙把手藏到身后。

晚上，我蜷缩在被子里。屋子里静得可怕，屋檐上野猫的叫声瘆人，角落里总有个张牙舞爪的黑影准备吞噬我，我把被子蒙起来一动也不敢动，耳朵里听到的全是自己的心跳和喘息声。

我爱做梦，梦中经常听到滴滴的声音。我有次问妈妈：是家里的表坏了吗？妈妈说我的耳朵出问题了。可我的耳朵好好的。

不要认为我是个被遗弃或被拐骗的孩子，我是爸妈亲生的，他们很疼我很爱我。一家人在一起时，爸爸亲着我的小脸蛋说：孩子，等你长大了就知道这一切为了什么。

那年的冬天特别冷，我们在这座城市换了三个地方，爸妈分头出去的时间更多了。一天深夜，我躺在被子里，听到妈妈和刚进门的爸爸小声谈话，说好像什么人变坏了，中央让赶快转移。

妈妈说：什么时候走？

爸爸坐在床沿上低头吸口香烟说：明天你先走，我去把这次任务完成！

我看到妈妈从老皮箱里取出一支乌黑锃亮的小手枪，递给爸爸。天刚发亮爸爸就出去了。妈妈为我穿好衣服，拎起那只皮箱带我下楼。她牵着我上了一辆黄包车。我抬头望了望住了仅十几天的老木屋。

黄包车到了江边码头，我和妈妈登上一艘邮轮。妈妈时不时地看着手腕上的表，焦急地盯着渡口，却始终不见爸爸的影子。我也开始为爸爸担心起来。

时间在一点一滴地过去，邮轮的汽笛叫三次了，码头上忽然来了好多宪兵和军警。他们向邮轮奔跑过来。妈妈抱紧我，亲了亲我的脸，对我说：孩子，在这里不要动，不许哭，会有人接你。妈妈要走了。说完，她决然地走出邮轮。

我看到妈妈昂首走上码头，一个瘦脸男人指着妈妈说了些什么，军警就把她抓住，带上了一辆很严实的汽车。

我趴在窗户上看着，眼泪流了下来，我对自己说我不哭，一定不哭。不知不觉我睡着了。醒来时，我身旁站着个高个子叔叔，他说是爸爸让他来接我的。

我和叔叔到了一个地方下了船，换上汽车，然后又坐马车，走了好多天，来到了到处是山的地方，山上还矗立着一座宝塔……一切都那么新鲜。高个子叔叔领着我，到了周伯伯那里！

周伯伯从我的衣角里面取出一张纸条，那上面密密匝匝写满了数字和字母，这是妈妈缝进我衣服里面的。

我住进了宽敞的窑洞。这里有学校，学校里有好多小朋友，我不再孤单了。可我到夜里总是梦到爸爸妈妈。

我弄醒睡在一旁的罗陕北：小北，你想你的爸爸妈妈吗？

小北说：我想。

然后，我们就哭出声来，把所有的孩子都吵醒了。孩子们都哭，喊着要爸爸要妈妈。

第二天，周伯伯来了，身旁跟着位面容慈祥的阿姨。周伯伯来到我们中间，那位阿姨拉着我和罗陕北的手说：小朋友们，你们的爸爸妈妈离开了你们，学校的老师、阿姨都是你们的亲人。孩子们，我就做你们的妈妈，我就是你们的妈妈。

所有孩子一齐喊：妈妈，妈妈！

声音漫山回荡，响彻云霄。

钓　神

○芦阳之子

三十年前，我住的小镇边上有条大河，我常去钓一种小鱼，叫"肉狗"。"肉狗"极傻，半天就能钓一罐头瓶。回去让妈妈用盐腌一晚，转天一煎，就是一道难得的佳肴。

有天钓鱼时，一个中年人走过来，说帮我钓几条。他拿着我那根不足一米的"扫帚苗"，一会儿钓上一只大虾，一会儿是一条五彩平鱼，都是我从未钓到过的。那些鱼好像是他从水里叫上来的。回家讲给大人听，父亲告诉我，我遇到的是钓神，在镇上颇有名气。

后来就常听到他的故事。据说，有时别人枯坐半天也所获不多，钓神两个小时就满载而归。最让人叫绝的是，他提竿之前总是先报出那鱼的品种和重量：鲢子，半斤；拐子（鲤鱼），八两……很少失误。

他不贪多，过两小时起身就走。街坊四邻谁家有了灾病、生了孩子或来了客人，他总把一兜鲜鱼送去。

有个打鱼人在河里见过一条巨大的红鲤鱼。后来传神了，说是鱼精。一个有钱人还声言悬赏两千元买它，两千元在当时是笔大财。不少渔船频频撒网，然而终无所获。于是有人去鼓动钓神出手。他耐不住轮番劝说，就答应试试。

据说，他在河边转了三天，在第四天头上选了一处下竿。他静静地坐了几小时，在围观者行将散尽的时候，他腾地站起来，持着竿开始时疾时徐地走。那竿弯得像张弓，河心时而泛起巨大的水花。行家知道，那叫"溜鱼"，只有钓到极大的鱼时才用，是这一行当中的最高技艺，对力道的要求极高。又两小时，那鱼终于力竭被拉到岸边。一条十余斤的红鲤鱼在人们的惊呼声中被提起来，在夕阳下闪着神秘的光泽。钓神赤着膊，一身的水和汗，让人想到当年屠蛟出水的周处。他从鱼嘴上卸了钩，在人们更大的惊呼声中把鱼轻放到水里，看着它疲惫地游向深处。

贫穷的时候，大河仿佛是小镇上的一个不能缺少的成员。水清，鱼虾又多，夏天游泳、钓鱼，冬天又成了天然溜冰场。家里来客，就到河边买鱼。一吆喝，鱼船便划过来。即使刚好船上没鱼，现赶"叼鱼郎"（鱼鹰）下水，不出十分钟就能凑足一顿午餐。弄几条鱼方便得就像从菜园子里拔几棵菜。

后来，小镇人的日子丰饶起来。街头上红红绿绿，餐桌上荤素俱全。被冷落的大河却随着"经济发展"日渐浑浊，鱼越来越少。

一天，钓神平生头一次空手而归。他一进胡同，人们便听到一阵撕心裂肺的哭喊：大河死了！大河死了！那声音凄厉得让人恐惧。这个不善言谈的人开始上下奔走，呼吁治理大河。但始终没有效果。他变得非常沉默。

后来有一天，有个木匠带儿子来打短工。晚上乘凉，不经意地摸出张录取通知书，说孩子考上了北大的环境保护系，可学费无着。当晚，钓神给木匠送去了自己全部的积蓄。转天那对父子就消失了。人们很快明白那是个骗局。一个钓鱼的顶级高手终于咬了一次别人的钩。后来别人提起那事，钓神惨然一笑：那河流到街上来喽。

前两年得知，钓神去了。死前的几年，每天都持竿坐到河边。河水像酱油般颜色，泛着泡沫。他神采飞扬地频频起竿，还朗声叫着：鲢子，半斤！拐子，八两……

一个老邻居留着他的骨灰，说要等河变清的那天撒下去。他还说，自己等不到，就交给儿子，儿子等不到，就交给孙子……

抉 择

○杨　邪

　　早晨，教官通知我，半小时后他要坐直升机去一个地方，让我先在机场准备一下。"今天，我带你去见一个人！"说完，他就撂下了电话。

　　二十分钟后，教官到了，他空着手，身上什么也没带。

　　"教官，我们去哪里？"

　　"行程一个半小时。"

　　"这么远，哪儿？"

　　"上了天再告诉你。"

　　教官有点神秘的样子。他先上去，坐在副驾驶位置。

　　当直升机完成升空，教官才说，我们要去沿海的某机场。

　　"那好像是个民用的小机场？"

　　"它以前是部队的。"

　　想起来了，我听说教官曾是沿海某部的模范飞行员。

　　"您以前在那儿待过？"

　　"待了十年。"

　　"噢……您说要带我去见一个人？"

　　"对！他是我的教官。"

　　"您经常去看望您以前的教官吗？"我小声打断了教官的思绪。

　　"是。"教官闻声立刻改变了一下坐姿，集中了精神，"每年的今天，我都独自驾机看望他一次。"

当我们在那个简陋的小机场降落的时候，机场里已经有人在迎接了。教官过去寒暄几句，就告别了他们。

从机场出来，我们没有走那条宽阔的水泥公路，而是往斜刺里走上了一条几近废弃的土路。

"教官退休了吧？他家就在这机场附近？"我疑惑。

教官抬头看着远处。

"喏——就在前面。"

教官的脚步迈得很大，努力的臀部略微显得笨拙。他只顾自己疾步而行，仿佛忘记了我的存在。

我们约莫步行了两公里，来到一座小山丘的脚下。

"到了。"教官说。

我正纳闷，这时前面豁然出现的小山坳让我愣怔住了——山坳周围的山坡上根本没有人烟，只有一座孤坟！

"这就是教官的家，三十六岁那年，他就住在这儿了。"

教官好像对我幽默了一下——一个非常严肃的幽默！

平缓的山坡只有稀疏的草和矮树，有一条小径，笔直通向半坡的坟墓——墓周围有很大一圈青石砌成的围栏，非常醒目。

我和教官来到了坟墓边。

"教官，我看您来了。"教官轻声说。他俯下身，双手抚摩着墓碑。

我看清楚了，墓碑上刻着"李为军之墓"几个字，还有就是下面的一个括号，刻着"1938 至 1973"。

教官开始动手拔草。我也要动手，被他制止了，他说让他一个人来。于是我只好袖手，看着教官一次次俯身，一丝不苟地清理坟墓周围的杂草，只保留了墓顶那株龙柏树下的一丛茂盛的青草，然后像一个理发师，用十指把那丛青草仔细梳理了几遍。

后来，长达数十分钟的时间，教官就肃立在墓前。

关于他和教官的故事，他是在离开墓地回机场的路上告诉我的。

三十年前的今天，他和他的教官驾机上天，正在准备降低高度回机场之际，机尾失火。那时，他还是个半生不熟的新手，教官坐前舱，他坐后舱。面对猝发的事故，他吓得浑身发抖。火势越来越严重，地面指挥部下了紧急跳伞的命令，而他的教官只是命令他立刻跳伞，他的教官说，下面全是居民区，人口稠密，再往前就是机场，自己不能跳，必须赶快把飞机带到安全的地带。

就这样，他先跳了伞，在空中，他看见教官驾着一团浓烟，反向朝某处俯冲下去。最后，那架老式战斗机在爆炸解体前的一刻，被他的教官带到了一处没有人烟的田野里。

飞机坠毁后，除了那片无辜的水田，没引起任何其他的损失。事后，大家从水田的泥土深处挖出了那架战斗机机头的残骸，残骸里，他的教官的遗体居然基本完好……

返程时，我和教官都陷入了长久的沉默。

直升机飞行了八十九分钟，才回到部队机场。整个过程中，我们只在刚升空时有过几句对话。

"教官，这事您可从没和我说起过！"

"这么多年来，我从没和我的任何一名学员说起过——除了你！"

"为什么？"

"现在让我来问你一个问题：要是在那样的紧急关头，如果你是教官，你会怎么做？"

"我？"

"你可以仔细想想，现在不必回答我……"

下了飞机，已是午后。

"在我的教练生涯中，你是我碰到的最有天赋的一个飞行员，我相信，以后你会成为一名比我更称职、更出色的飞行教官！"

拍了拍我的肩膀，教官走了。

午后的阳光有些灼热，它在机场地面上的反光很刺目。

"教官！"我追上几步，喊住了他，"刚才一路上，我都在思考您的问题，可是……可是很惭愧，我想……假如……假如当年我是您的教官，我会和您……一起跳伞……"

教官停下脚步，回过身。

"你是个诚实的人！"教官脸上很平静，"这个问题，我思考了三十年，现在我告诉你我的答案：如果当年我是教官，我想，我也许能够做得到像我的教官那样！"

面对教官，我不由自主地立正了一下，而发烫的两颊更烫了。

"但是，如果时间推移三十年，如果同样的紧急关头出现在今天，作为一名教官，我又会怎么做？"教官的脸色忽然变幻，仿佛有些难以捉摸了，"对于这个问题，现在我还没有想好答案……"

剔透玻璃心

○羽　毛

　　山东。正在上刀山的这位爷们儿，白衣飘飘，煞是潇洒。刀山十来米高，38 把刀，他全身运好气，赤脚踩上去，上到顶后，再提上 100 斤水。

　　下了刀山，他又当着记者卸下一个灯泡，砸碎，然后吃起了锋利的玻璃碴儿，像吃萝卜干。别人目瞪口呆，他说："我最多的时候能吃三碗玻璃碎片。"

　　说实话，这种表演我向来不爱看，觉得是自虐狂做的事情。更何况，这位爷们儿满脸老人斑，已经 73 岁，应该安享晚年，何苦来着？

　　大爷大名丁福顺，戴着眼镜，说话文质彬彬，跟记者商讨经济问题也头头是道："你们电视台没有这样的绝活吧？要不要去你们那里表演一场？包括六个项目：吃玻璃，吞钢针，上刀山，躺钉板……不贵，一场就 200 元。"

　　的确不贵。听大爷说，他早年在杂技团学过一些绝活，老了心血来潮，想靠这手艺行走江湖。

　　记者奇怪的是，大爷这把年纪了，还贪图名利？万一表演时出了事故，谁来担待？

　　大爷拍拍胸膛："我出道两年了，承接过不少店庆活动表演，都没事。放心！照我这身体，还能干四年！"

　　"您究竟图什么呢？"

大爷嘿嘿一笑："就图我的手艺发扬光大呗。"

难道大爷真的是身怀绝技异于常人？记者把大爷拖到医院，先检查那能吃玻璃的牙齿。医生说："牙齿损耗很严重，不能再吃玻璃。"再用 X 光照照，医生又说："暂时胃还健康，但是长期下去难免胃溃疡甚至大出血……"

最后，医生忠告丁大爷："您别瞎折腾了，虽然练过气功，但您也是凡人，不是超人，在家待着就好。"

丁大爷还是嘿嘿一笑，出了医院就问记者："怎么样？你觉得 200 元一场还贵？您把拍摄的片子刻成光盘，给我多打打广告。"

记者觉得蹊跷，决定次日去丁大爷家走访。一路上，记者遇到村民就打听，村民都说，大爷这两年疯狂接活，谁劝也不听，幸好没出事。

难道他的家人不劝阻吗？

村民们说："他只有老伴儿，无儿无女。"

很快，记者来到了丁大爷家。小小一间平房，十分简陋，大娘躺在床上，脸色憔悴，旁边的桌上摆满了药瓶。大爷正在耐心地给她按摩身体。

原来，大爷老家在山东招远，年轻时带妻子闯到了黑龙江，生活了 20 多年。老了想落叶归根，他们回到了山东龙口，投奔亲戚。流浪之中丢了户口，现在两人无儿无女无工作，也没有低保。

起初，大爷摆了个摊子修自行车，收入微薄。前两年，老伴儿日益消瘦，被查出脑血栓和糖尿病，卧病在床。丁大爷忙里忙外，为了挣来药钱，不得不拼命演出，以绝活揽客，仍然入不敷出，才想到了上电视。

这一切，大爷都瞒着老伴儿，怕她担心。有时邻居看他实在困窘，要周济他，他还会婉拒："谢谢啦，自己能解决的事情就自己做。"

邻居们谈到丁大爷都竖大拇指："跟个年轻人一样自尊自强！从不乞哀告怜。"

丁大爷递了一张名片给记者，正面写着："承揽各界大型厂庆、店庆绝活表演及文艺演出。"背面则印着他的六大绝活："上刀山，吃玻璃……"

爱到深处，为你上刀山下火海。这不过是小年轻们挂在嘴上的山盟海誓，却被这位古稀老人身体力行。

爱是什么？是对方年老色衰时仍然柔情似水，是对方病痛缠身时不离不弃，是独自承担生活重压的勇气，是天塌下来有我扛着的担当。

这番侠骨柔情，让记者的眼睛红了。

为了帮老人重新落户争取低保，记者联系了龙口市民政局、公安局等单位，几经周折，大爷的低保很快就能办下来了。

大爷吃玻璃的秘密被电视台公开后，很多好心人送来了生活用品和药品。

丁大爷说："等到低保办下来，我再也不吃玻璃、滚钉板了……我要用摩托车带着老伴儿走一走，到处看看，享受晚年的幸福生活。"

他握着老伴儿的手，笑得像一朵菊花。你或许看不到，他的胃里还残留着玻璃碴儿，然而，你知道，他有着一颗怎样剔透的玻璃心。